畢璞全集・小說・六

秋夜宴

【推薦序一】

老樹春深更著花

封德屏

一九八六年四月，畢璞應《文訊》雜誌「筆墨生涯」專欄邀稿，發表〈三種境界〉一文，她在文末寫道：

> 這種職業很適合我這類沉默、內向、不善逢迎、不擅交際的書呆子型人物，我很高興我當年選擇了它。我既沒有後悔自己走上寫作這條路，又說過它是一種永遠不必退休的行業；那麼，看樣子，我是注定了此生還是要與筆墨為伍了。

畢璞自知甚深，更有定力付之行動，近三十年來她持續創作，陸續出版了數本散文、小說、自選集；三年前，為了迎接將臨的「九十大壽」，她整理近年發表的文章，出版了散文集

《老來可喜》。年過九十後，創作速度放緩，但不曾停筆。二〇〇九年元月《文訊》創辦的「銀光副刊」，至今刊登畢璞十二篇文章，上個月（二〇一四年十一月），她在「銀光副刊」發表了短篇小說〈生日快樂〉，此外，也仍偶有文章發表於《中華日報》副刊。畢璞用堅毅無悔的態度和纍纍的創作成果，結下她一生和筆墨的不解之緣。

一九四三年畢璞就發表了第一篇作品，五〇年代持續創作，創作出版的高峰集中在六〇、七〇年代。一九六八年到一九七九年是她作品的豐收期，這段時間有時一年出版三、四本，甚至五本。早些年，她是編寫雙棲的女作家，曾主編《大華晚報》家庭版、《公論報》副刊、《徵信新聞報》家庭版，並擔任《婦友月刊》總編輯，八〇年代退休後，算是全心歸回到自適自在的寫作生涯。

真摯與坦誠是畢璞作品的一貫風格。散文以抒情為主，用樸實無華的筆調去謳歌自然，讚頌生命；小說題材則著重家庭倫理、婚姻愛情。中年以後作品也側重理性思考與社會現象觀察。畢璞曾自言寫作不喜譁眾取寵、不造新僻字眼，強調要「有感而發」，絕不勉強造作。

畢璞生性恬淡，除了抗戰時逃難的日子，以及一九四九年渡海來台的一段艱苦歲月外，自認大半生風平浪靜。「淡泊名利，寧靜無為」是她的人生觀，讓她看待一切都怡然自得。雖然前後在報紙雜誌社等媒體工作多年，一九五五年也參加了「中國婦女寫作協會」，可能如她自己所言「個性沉默、內向，不擅交際」，多年來很少現身文壇活動。像她這樣一心執著於創作的人和其作品，在重視個人包裝、形象塑造，充斥各種行銷手法的出版紅海中，很容易會被湮沒遺忘。

然而，這位創作廣跨小說、散文、傳記、翻譯、兒童文學各領域，筆耕不輟達七十餘年的資深作家，冷月孤星，懸長空夜幕，環視今之文壇，可說是鳳毛麟角，珍稀罕見。在人們華服高軒、闊論清議之際，九三高齡的她，老樹春深更著花，一如往昔，正俯首案頭，筆尖不斷流淌出款款深情，如涓涓流水，在源遠流長的廣域，點點滴滴灌溉著每一寸土地。

感謝秀威資訊科技股份有限公司，在文學出版業益顯艱辛的此刻，奮力完成「畢璞全集」二十七冊的巨大工程。不但讓老讀者有「喜見故人」的驚奇感動，也讓年輕一代的讀者，有機會可以在快樂賞讀中，認識畢璞及其作品全貌。我們也希望透過文學經典這樣的再現與傳承，向這位永遠堅持創作的作家，表達我們由衷的尊崇與感謝之意。

民國一〇三年十二月

（封德屏：現任文訊雜誌社社長兼總編輯、臺灣文學發展基金會執行長、紀州庵文學森林館長。）

【推薦序二】

老來可喜話畢璞

吳宏一

一

上星期二（十月七日），我有事到《文訊》辦公室去。事畢，封德屏社長邀我去參觀她們蒐集珍藏的期刊。看到很多民國五、六十年前後風行文壇的文藝刊物，目前多已停刊，不勝唏噓。《暢流》、《自由青年》、《文星》等我投過搞、發表過創作的刊物不說，連一些當時發行不廣的小刊物，她們也多有蒐集。其用心之專、致力之勤，實在不能不令人讚嘆。於是我向她提起我高中以迄大學時期文學起步的一些往事，中間提到若干文藝刊物和若干文壇前輩對我的鼓勵和影響。其中特別提到我大學一年級，民國五十年的秋天，剛進入台大中文系讀書時所認識的一些前輩先進。像當時住在濟南路的紀弦，住在廈門街的余光中，住在南昌街菸酒公賣局宿舍的羅悟緣，住在安東市場旁的羅門、蓉子……我都曾經一一去走訪，謝謝他們採用或推薦過我的作品。過程歷歷在目，至今仍記憶猶新。比較特別的是，去新生南路夜訪覃子豪時，還遇見過魏子雲；去峨嵋街救國團舊址見程抱南、鄧禹平時，還順道去《公論報》探訪副刊主編畢璞……。

一提到畢璞，德屏立即接了話，說「畢璞全集」目前正編印中，問我願不願意為她「全集」寫個序言。我答：寫序不敢，但對我文學起步時曾經鼓勵或提攜過我的前輩，我非常樂意寫紀念性的文字。不過，我也同時表示，我與畢璞五十多年來，畢竟才見過兩三次面，她的作品我讀得並不多，要寫也得再讀讀她的生平著作，而且也要她還記得我，對往事有些共同的記憶才好。所以我建議，請德屏代問畢璞兩件事：一是她記不記得在我大一下學期（民國五十一年春），她和另一位女作家到台大校園參觀之事；二是她在主編《婦友》月刊期間，記不記得曾經約我寫過詩歌專欄。

德屏說好。第二日早上十點左右，畢璞來了電話，客氣寒暄之後，告訴我：她記得她和鍾麗珠早年曾到台大校園和我見過面，但對於《婦友》約我寫專欄之事，則毫無印象。她知道我沒有讀過她的作品集，說要寄兩三本來，又知道我怕她年老行動不便，改口說，要不然，幾天內如果我能抽空，就煩請德屏陪我去內湖看她，由她當面交給我，同時可以敘敘舊、聊聊天。

我當然贊成。我已退休，時間容易調配，只不知德屏事務繁忙，能不能抽出空暇。想不到與德屏聯絡後，當天下午，就由《文訊》編輯吳穎萍小姐聯絡好，約定十月十日下午三點一起去見畢璞。

二

十月十日國慶節，下午三點不到，我就如約搭文湖線捷運到葫洲站一號出口等。不久，德屏與穎萍來了。德屏領先，走幾分鐘路，到康寧老人安養中心去見畢璞。途中德屏說，畢璞雖然年逾九旬，行動有些不便，但能以歡樂的心情迎接老年，不與兒孫合住公寓，怕給家人帶來不便，所以獨居於此，雇請菲傭照顧，生活非常安適。我聽了，心裡也開始安適起來，覺得她是一個慈藹安詳而有智慧的長者。

見面之後，我更覺安適了。記得我第一次見到畢璞，是民國五十年的秋冬之際，在西門町附近康定路的一棟木造宿舍裡，居室比較狹窄；畢璞當時雖然親切招待，但總顯得態度拘謹。相隔五十三年，畢璞現在看起來，腰背有點彎駝，耳目有些不濟，但行動尚稱自如，面容聲音卻似乎數十年如一日，沒有什麼明顯的變化。如果要說有變化，那就是變得更樸實自然，沒有絲毫的窘迫拘謹之感。

由於德屏的善於營造氣氛、穿針引線，由於穎萍的沉默嫻靜，只做一個忠實的旁聽者，那天下午，我和畢璞有說有笑，談了不少往事，讓我恍如回到五十三年前的青春年代。那時候，我才十八歲，剛考上台大中文系，剛到陌生而充滿新鮮感的臺北，常投稿報刊雜誌，常拜訪前輩作家。有一天，我到西門町峨嵋街救國團去領新詩比賽得獎的獎金，順道去附近的《聯合報》和《公論報》社。我到《公論報》社問起副刊主編畢璞，說明我常有作品發表，就有人給了我她家的住址。距離報社不遠，在成都路、西門國小附近。那時候我年輕不懂事，大家也少用電話，所以就直接登門造訪了。見面時談話不多，記憶中，畢璞說過她先生也在《公論報》上班，她如何編副刊，還有她兒子正讀師大附中，希望將來也能考上台大等。辭別時，畢璞說了一句，聽說台大校園春天杜鵑花開得很盛很好看。我謹記這句話，所以第二年的春天，投稿信中附帶留言，歡迎她跟朋友來台大校園玩。就因為這樣，畢璞和鍾麗珠在民國五十一年的春季，相偕來參觀台大校園。

確切的日期記不得了。畢璞說連哪一年她都不能確定。我翻開我隨身帶來送她的光啟版散文集《微波集》，指著一篇〈鄉愁〉後面標明的出處，民國五十一年四月二十七日發表於《公論副刊》。經此指認，畢璞稱讚我的記性和細心，而且她竟然也記起了當天逛傅園後，我請她們到福利社吃牛奶雪糕的往事。

很多人都說我記憶力強，但其實也常有模糊或疏忽之處。例如那一天下午談話當中，我提起雨中路過杭州南路巧遇《自由青年》主編呂天行，以及多年後我在西門町日新歌廳前再遇見他，聽他告訴我「驚天大祕密」的時候，確實的街道名稱，我就說得不清不楚，更糟糕的是，畢璞再次提起她主編《婦友》月刊的期間，真不記得邀我寫過專欄。一時間，我真無辭以對。當事人都這麼說了，我該怎麼解釋才好呢？好在我們在談話間，曾提及王璞、呼嘯等人，似乎又給了我重拾記憶的契機。

我私下告訴德屏，《婦友》確實有我寫過的詩歌專欄，雖然事忙只寫了幾期，但這些文章後來都曾收入我的《先秦文學導讀．詩辭歌賦》和《從詩歌史的觀點選讀古詩》等書中，白紙黑字，騙不了人的。會不會畢璞記錯，或如她所言不在她主編的期間別人約的稿呢？

那天晚上回家後，我開始查檢我舊書堆中的期刊，找不到《婦友》，卻找到了王璞主編的《新文藝》和呼嘯主編的《青年日報》副刊剪報。他們都曾約我寫過詩詞欣賞專欄，印象中有一個與《婦友》大約同時。尋檢結果，查出連載的時間，《新文藝》是民國七十一年，《青年日報》則是民國七十七年。到了十月十二日，再比對資料，我已經可以推定《婦友》刊登我詩歌專欄的時間，應該是在民國七十七年七、八月間。

十月十三日星期一中午，我打電話到《文訊》找德屏，她出差不在。我轉請秀卿代查，傍晚她回覆，已在《婦友》民國七十七年七月至十一月號，找到我所寫的〈古歌謠選講〉，當時的總編輯就是畢璞。事情至此告一段落。記憶中，是一次作家酒會邂逅時畢璞約我寫的。寫了幾期，因為事忙，又遇畢璞調離編務，所以專欄就停掉了。這本來就是小事一樁，無關宏旨，豁達的畢璞不會在乎這個的，只不過可以證明我也「老來可喜」，記憶尚可而已。

三

「老來可喜」，是畢璞當天送給我看的兩本書，其中一本散文集的書名，語出宋代詞人朱敦儒的〈念奴嬌〉詞。另外一本是短篇小說集，書名《有情世界》。根據書後所附的作品目錄，原來畢璞的作品集，已出三、四十本。她挑選這兩本送我看，應該有其用意吧。看《老來可喜》這本散文集，可知她的生平大概；看《有情世界》這本短篇小說集，則可知她的小說特色所在。初讀的印象，她的作品，無論是散文或小說，從來都不以技巧取勝，就像她的筆名一樣，是未經琢磨的玉石，內蘊光輝，表面卻樸實無華，然而在樸實無華之中，卻又表現出一個共同的主題。一言以蔽之，那就是「有情世界」。其中有親情、愛情、人情味以及生活中的情趣。因此，讀來特別溫馨感人，難怪我那罕讀文藝創作的妻子，也自稱是她的忠實讀者。

讀畢璞《老來可喜》這本散文集，可以從中窺見她早年生涯的若干側影，以及她自民國三十八年渡海來台以後的生活經歷。其中寫親情與友情，敘事中寓真情，雋永有味，誠摯而動人。寫懷才不遇的父親，寫遭逢離亂的家人，寫志趣相投的文友，娓娓道來，真是扣人心弦。

其中〈西門懷舊〉一篇，寫她康定路舊居的一些生活點滴，更讓我玩味再三。即使寫她身邊瑣事的小小感觸，寫愛書成癡，愛樂成癡，寫愛花愛樹，看山看天，也都能使我們讀者體會到「生命中偶得的美」，享受到「小小改變，大大歡樂」。「生命中偶得的美」和「小小改變，大大歡樂」，正是她文集中的篇名。我們還可以發現，身經離亂的畢璞，涉及對日抗戰、國共內戰的部分，著墨不多，多的是「此身雖在堪驚」，「老來可喜，是歷遍人間，諳知物外」。這也正是畢璞同一時代大多婦女作家的共同特色。

讀《有情世界》這本小說集，則可發現：畢璞散文中寫得比較少的愛情題材，都寫進小說裡了。畢璞說過，小說是她的最愛，因為可以滿足她的想像力。讀完這十六篇短篇小說，我們確實可以發現，她的小說採用寫實的手法，勾勒一些時代背景之外，重在探討人性，敘寫一些有情有義的故事。特別是愛情與親情之間的矛盾、衝突與和諧。小說中的人物和故事，有真有假，「真」的往往是根據她親身的經歷，「假」的是虛構，是運用想像，無中生有塑造出來的。她把它們揉合在一起，而且讓自己脫離現實世界，置身其中，成為小說中人。

因此，我讀畢璞的短篇小說，覺得有的近乎散文。尤其她寫的書中人物，大都是我們城鎮小市民日常身邊所見的男女老少，故事題材也大都是我們城鎮小市民幾十年來所共同面對的移民、出國、旅遊、探親等話題。或許可以這樣說，較之同時渡海來台的作家，畢璞寫的小說，罕有激情奇遇，缺少波瀾壯闊的場景，也沒有異乎尋常的角色，既沒有朱西甯、司馬中原筆下的鄉野氣息，也沒有白先勇筆下的沒落貴族，一切平平淡淡的，可是就在平淡之中，卻能給人親近溫馨之感。表面上看，她似乎不講求寫作技巧，但仔細觀察，她其實是寓絢爛於平淡。像〈生命共同體〉一篇，寫范士丹夫婦這對青梅竹馬的患難夫妻，到了老年還為要不要移民美國而引起衝突，高潮迭起，正不知作者要如何收場，這時卻見作者藉描寫范士丹的一些心理活動，利用廚房下麵一個小情節，就使小說有個圓滿的結局，而留有餘味。〈春夢無痕〉一篇，寫梅湘退休後，到香港旅遊，在半島酒店前香港文化中心，竟然遇見四十多年前四川求學時代的舊情人冠倫。四十多年來，由於人事變遷，兩岸隔絕，二人各自男婚女嫁，都已另組家庭，正不知作者要如何安排後來的情節發展，這時卻見作者利用梅湘的一段心理描寫，也就使小說有個出人意外而又合乎自然的結尾，不會予人突兀之感。這些例子，說明了作者並非不講表現藝術，只是她運用寫作技巧時，合乎自然，不見鑿痕而已。所以她的平淡自然，不只是平淡自然，而是別有繫人心處。

四

畢璞同時的新文藝作家，有三種人給我的印象特別深刻。一是軍中作家，以寫新詩和小說為主，強調創新和現代感；二是婦女作家，以寫散文為主，多藉身邊瑣事寫人間溫情；三是鄉土作家，以寫小說和遊記為主，反映鄉土意識與家國情懷。這是二十世紀五、六十年代前後臺灣新文藝發展史上的一大特色。這三類作家的風格，或宏壯，或優美，雖然成就不同，但套用王國維的話說，都自成高格，自有名句，境界雖有大小，卻不以是分優劣。因此有人嘲笑婦女作家多只能寫身邊瑣事和生活點滴，那是學文學的人不該有的外行話。

畢璞當然是所謂婦女作家，她寫的散文、小說，攏總說來，也果然多寫身邊瑣事，或者說，多藉身邊瑣事寫溫暖人間和有情世界。但她的眼中充滿愛，她的心中沒有恨，所以她的筆端流露出來的，每一篇作品都像春暉薰風，令人陶然欲醉；情感是真摯的，思想是健康的，真的適合所有不同階層的讀者。

一般而言，人老了，容易趨於保守，失之孤僻，可是畢璞到了老年，卻更開朗隨和，更為豁達，就像玉石，愈磨愈亮，愈有光輝。她特別欣賞宋代詞人朱敦儒的「老來可喜」那首〈念奴嬌〉詞。她很少全引，現在補錄如下：

老來可喜，是歷遍人間，諳知物外。
看透虛空，將恨海愁山，一時挼碎。
免被花迷，不為酒困，到處惺惺地。
飽來覓睡，睡起逢場作戲。

休說古往今來，乃翁心裡，沒許多般事。
也不蘄仙不佞佛，不學栖栖孔子。
懶共賢爭，從教他笑，如此只如此。
雜劇打了，戲衫脫與獃底。

朱敦儒由北宋入南宋，身經變亂，歷盡滄桑，到了晚年，勘破世態人情，不但主張不學栖栖皇皇的孔子，說什麼經世濟物，而且也認為道家說的成仙不死，佛家說的輪迴無生，都是虛妄的空談，不可採信。所以他自稱「乃翁」，說你老子懶與人爭，管它什麼古今是非，說人生在世，就像扮演一齣戲一樣，各演各的角色，逢場作戲可矣，何必惺惺作態，說什麼愁呀恨呀。一旦自己的戲份演完了，戲衫也就可以脫給別的傻瓜繼續去演了。這首詞表現的人生觀，雖然豁達，卻有些消極。這與畢璞的樂觀進取，對「有情世界」處處充滿關懷，是不相契的。我想畢璞喜愛它，應該只愛前面的幾句，所以她總不會引用全文，有斷章取義的意思吧。

畢璞《老來可喜》的自序中，說西方人把老年分成三個階段：從六十五歲到七十五歲是「初老」，從七十六歲到八十五歲是「老」，八十六歲以上是「老老」；又說「初老」的十年是人生最美好的黃金時期，不必每天按時上班，兒女都已長大離家，內外都沒有負擔，沒有工作壓力，智慧已經成熟，人生已有閱歷，身體健康也還可以，不妨與老伴去遊山玩水，或抽空去學習一些新知，以趕上時代。想做什麼就做什麼，豈非神仙一般。畢璞說得真好，我與內子現在正處於「初老」的神仙階段，也同樣覺得人間有情，處處充滿溫暖，這幾天讀畢璞的書，益發覺得「老來可喜」，可喜者三：老來讀畢璞《老來可喜》，一也；不久之後，可與老伴共讀「畢璞全集」，二也；從今立志寫自己不像傳記的傳記，彷彿回到自己的青春時期，三也。

民國一〇三年十月十五日初稿

（吳宏一：學者，作家，曾任臺灣大學中文系教授、香港中文大學中文系、香港城市大學中文、翻譯及語言學系講座教授，著有詩、散文、學術論著數十種。）

【自序】長溝流月去無聲——七十年筆墨生涯回顧

畢璞

「文書來生」這句話語意含糊，我始終不太明瞭它的真義。不過這卻是七十多年前一個相命師送給我的一句話。那次是母親找了一位相命師到家裡為全家人算命。我從小就反對迷信，痛恨怪力亂神，怎會相信相士的胡言呢？當時也許我年輕不懂，但他說我「文書來生」卻是貼切極了。果然，不久之後，我就開始走上爬格子之路，與書本筆墨結了不解緣，迄今七十年，此志不渝，也還不想放棄。

從童年開始我就是個小書迷。我的愛書，首先要感謝父親，他經常買書給我，從童話、兒童讀物到舊詩詞、新文藝等，讓我很早就從文字中認識這個花花世界。父親除了買書給我，還教我讀詩詞、對對聯、猜字謎等，可說是我在文學方面的啟蒙人。小學五年級時年輕的國文老師選了很多五四時代作家的作品給我們閱讀，欣賞多了，我對文學的愛好之心頓生，我的作文成績日進，得以經常「貼堂」（按：「貼堂」為粵語，即是把學生優良的作文、圖畫、勞作等掛在教室的牆壁上供同學們觀摩，以示鼓勵）。六年級時的國文老師是一位老學究，選了很多古文做教材，使我有機會汲取到不少古人的智慧與辭藻；這兩年的薰陶，我在不知不覺中變成了文學的死忠信徒。

上了初中，可以自己去逛書店了，當然大多數時間是看白書，有時也利用僅有的一點點零用錢去買書，以滿足自己的書癮。我看新文藝的散文、小說、翻譯小說、章回小說……簡直是博覽群書，卻生吞活剝，一知半解。初一下學期，學校舉行全校各年級作文比賽，小書迷的我得到了初一組的冠軍，獎品是一本書。同學們也送給我一個新綽號「大文豪」。上面提到高小時作文「貼堂」以及初一作文比賽第一名的事，無非是證明「小時了了，大未必佳」，更彰顯自己的不才。

高三時我曾經醞釀要寫一篇長篇小說，是關於浪子回頭的故事，可惜只開了個頭，後來便因戰亂而中斷，這是我除了繳交作文作業外，首次自己創作。

第一次正式對外投稿是民國三十二年在桂林。我把我們一家從澳門輾轉逃到粵西都城的艱辛歷程寫成一文，投寄《旅行雜誌》前身的《旅行便覽》，獲得刊出，信心大增，從此奠定了我一輩子的筆耕生涯。

來台以後，一則是為了興趣，一則也是為稻粱謀，我開始了我的爬格子歲月。早期以寫小說為主。那時年輕，喜歡幻想，想像力也豐富，覺得把一些虛構的人物（其實其中也有自己和身邊的人的影子）編出一則則不同的故事是一件很有趣的事。在這股原動力的推動下，從民國四十年左右寫到八十六年，除了不曾寫過長篇外（唉！宿願未償），我出版了兩本中篇小說、十四本短篇小說、兩本兒童故事。另外，我也寫散文、雜文、傳記，還翻譯過幾本英文小說。到民國一〇一年，我總共出版過四十種單行本，其中散文只有十二本，這當然是因為散文字數少，不容易結集成書之故。至於為什麼從民國八十六年之後我就沒有再寫小說，那是自覺年齡大了，想像力漸漸缺乏，對世間一切也逐漸看淡，心如止水，失去了編故事的浪漫情懷，就洗手不幹了。至於散文，是以我筆寫我心，心有所感，形之於筆墨，抒情遣性，樂事一樁也，為什麼放棄？因而不揣譾陋，堅持至今。慚愧的是，自始至終未能寫出一篇令自己滿意的作品。

為了全集的出版，我曾經花了不少時間把這批從民國四十五年到一百年間所出版的單行本四十種約略瀏覽了一遍，超過半世紀的時光，社會的變化何其的大：先看書本的外貌，從粗陋的印刷、拙劣的封面設計、錯誤百出的排字；到近年精美的包裝、新穎的編排，簡直是天淵之別。由此也可以看得出臺灣出版業的長足進步。再看書的內容：來台早期的懷鄉、對陌生土地的神奇感、言語不通的尷尬等；中期的孩子成長問題、留學潮、出國探親；到近期的移民、空巢期、第三代出生、親友相繼凋零……在在可以看得到歷史的脈絡，也等於半部臺灣現代史了。

坐在書桌前，看看案頭成堆成疊或新或舊的自己的作品，為之百感交集，真的是「長溝流月去無聲」，怎麼倏忽之間，七十年的「文書來生」歲月就像一把把細沙從我的指間偷偷溜走了呢？

本全集能夠順利出版，我首先要感謝秀威資訊科技股份有限公司宋政坤先生的玉成。特別感謝前台大中文系教授吳宏一先生、《文訊》雜誌社長兼總編輯封德屏女士慨允作序。更期待著讀者們不吝批評指教。

民國一〇三年十二月

目次

最美麗的媽媽

每天吃過晚飯以後，當林秀月伏在吃飯桌上做功課時，對門樓梯上登登登一陣響，她就會看見洪玉英的媽媽打扮得像電影明星似的從樓上下來，踏上她包月的三輪車，在幽暗的暮色中離開這條小巷，留下的是一陣撲鼻的香風。

這時，洪玉英就會從對門三樓的陽臺上出現，高聲的喊：「林秀月！林秀月！」

於是，林秀月收拾起桌上的參考書、簿子和鉛筆，向裡面說了一聲：「媽，我到洪玉英家去做功課。」然後，就一溜煙的跑上了對門的三樓。

洪玉英跟她媽媽所住的只是三層樓上的一個房間；但是，這個房間跟林秀月簡陋的家比起來，不知道漂亮舒適了多少倍。當中一張很大的彈簧床是洪玉英的媽媽睡的，上面鋪著有玫瑰花的絲被；角落裡一面屏風後面，另外有一張給洪玉英睡的小床。林秀月曾經問過洪玉英：「你媽媽的床這樣大，為什麼不讓你睡在一起呢？」

洪玉英紅著臉結結巴巴地回答：「我媽說我長大了，應該自己睡。」

她知道這樣欺騙好朋友是不對的；然而，她又不能把實在情形說出來。她怎能告訴林秀月，在她媽媽的大床上有時會有男人睡在那兒呢？在那些夜晚，她總是偷偷躲在被子裡低泣。她不敢哭出聲音來，怕她媽媽罵，也怕那些男人罵。在她還小的時候，就是因為不小心哭出聲音來而被那個男人從床上揪起來打了幾個耳光，並且把她趕到房間外面去；後來還是鄰房的阿婆把她抱到自己的房間裡，她才得以避免睡地板。

媽媽居然讓那個男人打我而且趕我出去，多麼狠心啊！洪玉英從此有點恨她媽媽，但是她不敢表露出來。她是她媽媽一手養大的，媽媽供她吃飯，供她上學，興致好的時候也會帶她去看看電影，或者買件新衣服給她。她在物質生活上似乎沒有什麼欠缺，只是，她常常感到很寂寞。媽媽在白天拚命睡覺，等到她放學回家，媽媽又忙於化妝去上班了。她沒有爸爸，沒有兄弟姐妹，當她五歲時，她問媽媽，爸爸在什麼地方，媽媽無緣無故大發脾氣把她罵了一頓，以後她就不敢再問了。

她很羨慕林秀月，雖然林秀月也沒有爸爸，但是她媽媽整天在家裡陪著她，又有活潑的弟弟妹妹，哪像她這樣孤單寂寞？

然而，林秀月反而羨慕她哩！林秀月羨慕洪玉英的媽媽美麗，羨慕她住的地方舒服，羨慕她媽媽的那張梳妝桌和大衣櫥；每個晚上到洪玉英家裡來做功課，總是摸摸這、摸摸那的，不勝依戀。

林秀月的媽媽卻正好跟女兒相反，她最討厭洪玉英的媽媽。起初，當林秀月告訴她要到洪玉英家裡去做功課時，她就不答應：「秀月，不要去，洪玉英的媽媽是酒家女，不是好女人，你不要跟她女兒來往。」

「媽，什麼叫酒家女？」那時，林秀月才上三年級。

「小孩子不要多問，我叫你不要去就不要去。」媽媽板著臉說。

「我要去嘛！我要去嘛！人家洪玉英是我的好朋友，她的功課好棒啊！我要她教我。」林秀月頓著腳在撒嬌。

後來，媽媽看見洪玉英的確是個乖孩子，就勉強答應了女兒的要求；不過，她規定不准在白天去，她不要女兒跟「那個酒家女」接近。

雖然如此，林秀月還是每天看得見洪玉英的媽媽。洪玉英的媽媽好年輕好漂亮喲！洪玉英說她媽只有廿九歲，十七歲就生她了。哼！氣死人了，我媽媽居然比她媽媽老了十歲。林秀月常常這樣想：我媽媽為什麼不早一點結婚呢？我也喜歡有個年輕的媽媽。算了，我媽再年輕也比不上洪玉英的媽媽漂亮的。看！洪玉英媽媽那張臉蛋，該白的地方白，該黑的地方黑，該紅的地方紅。每晚一件不同的旗袍，緊緊地繃在身上；三吋的高跟鞋走起路來多麼好看！我真希望長大後能像她一樣。

然而，我能嗎？洪玉英大概是可以的，她長得像媽媽，皮膚是那麼細白，眼睛是那麼明亮，嘴巴是那麼小巧，將來可能也是個美女。至於我，希望就很微了，人人都是說我像媽媽。我們母女都是又矮又小，又黃又瘦；媽媽更是滿臉皺紋、彎腰駝背、雙手粗糙，那是長期彎著身體替人家洗衣服的結果。

林秀月覺得同學們的媽媽誰都比媽媽年輕，比媽媽漂亮，她不願意告訴同學她媽媽幾歲，更不願意她們看見她媽媽。有一次她們六年級開母姊會，她不跟她媽媽講；但是，她媽媽卻從鄰居那裡知道了，也去參加。

她簡直不能忍受她媽媽坐在她教室裡面時的土相與寒酸相。那時是冬天，每一個同學的媽媽都穿著厚厚的呢大衣，打扮得雍容華貴的；只有她媽媽穿著一件陳舊的黑毛衣和一條舊裙子，赤腳穿著膠拖鞋，冷得面青唇紫，直打哆嗦。那天幸虧洪玉英的媽媽沒有去，否則就更現眼丟人。

老師跟家長在教室裡開會，雖然已經放了學，仍有許多學生在等著她們的媽媽。林秀月聽見有兩個同學站在教室的窗外指指點點說：「你看誰的媽媽最漂亮？」「那個，那個穿紅大衣的。」「聽說洪玉英媽媽很漂亮，可惜今天沒有來。」「你看那個穿黑毛衣的老太婆，好難看喲！」「那是誰的媽媽呢？」「我猜她絕對不是媽媽，媽媽哪會有這樣難看的？」「大概是哪位媽媽沒有空，派她家的下女做代表吧！」

兩個小女孩在咭咭呱呱地聒噪不休，林秀月卻哭著回去。等到她媽媽開完會回來，她立刻劈頭劈腦就頂撞過去：「媽，誰叫你去開什麼鬼會的？你這副模樣，也不照照鏡子，人家都以為你是下女哩！叫我怎麼去見人？」

一向溫柔，極少打孩子的媽媽突然伸手在她的臉上啪啪的摑了兩下。「好呀！我每天做牛做馬的去洗衣服、賣番薯、糊紙盒來養活你們，你居然嫌起我來了！我是又老又醜，誰叫你運氣不好，投胎到我們家裡來呢？」一邊數落著，媽媽就哭了起來。「我們窮，我們醜，該怪誰哪？怪你的死鬼爸爸！誰叫他死得那樣早？我大字不識一個，怎樣來養活你們姊弟三人啊？」

哭著，媽媽就把林秀月摟在懷裡，抽噎著說：「孩子，你覺得媽媽使你丟臉，我以後不去你學校就是了。」

「媽，請您原諒我，我再也不敢這樣說了！」林秀月也哭了起來。

她們的畢業考考過了，洪玉英的成績很好，林秀月也不錯，那是她們每晚在一塊兒做功課，互相切磋的結果。

過了幾天，老師把聯考的報名單發給她們，叫她們帶回家裡去填寫。林秀月到如今還不知道自己有沒有升學的福氣哩！對這一個切身的問題，她始終不曾跟母親談過。她沒有勇氣開口，因為她知道希望很渺茫，她們一家，連起碼的生活都不易維持，哪有餘力給她繳納中學的學費啊？

回到家裡，她媽媽正在淘米做飯，矮小的身體蹲在水龍頭前面，顯得更蒼老更憔悴。她也蹲下來，試探地說：「媽，老師已把聯考的報名單發給我們了。」說完了，她緊張地注視著母親臉上的表情。

做母親的轉過頭來，「真的嗎？那你就填吧！假使考取了，你就是中學生了，是不是？」

「媽，您說我可以去讀中學？」林秀月高興得跳了起來，不大相信自己的耳朵。

「是呀！媽自己沒讀過書，不認得字，太痛苦了。我一定要給你多讀點書，使你將來不會像媽這樣捱苦。」

「可是，我們哪裡有錢？」

「這不要你擔心，媽自然會替你想辦法。從這個月起，我又多給一個人家洗衣服，每個月可以多拿一百五十塊錢。我要把這筆錢存起來，要是你考取，到開學的時候我們就有錢交學費了。」

「媽，這樣你太辛苦了，我不要讀什麼中學。」林秀月摟著母親瘦削的肩膀，眼圈紅紅地說。

「不，媽不辛苦，只要你們三個肯聽話，肯用功讀書求上進，媽再辛苦也不怕。」媽媽微笑著，繼續她淘米的工作。

真是做夢也想不到，我居然也能跟大家一起升學了。林秀月含著淚把報名單填寫好，她暗暗向自己發誓，一定要考上第一流的初中，好好唸書，以報答母親的大恩。

吃過晚飯，看見洪玉英的媽媽出門去，林秀月來不及等洪玉英喊她，就急急忙忙奔上對門的三樓去，她要給洪玉英報告自己的喜訊。房門是虛掩著的，她一面喊著洪玉英的名字，一面把門推開，卻看見洪玉英一個人獨自坐在椅子上哭泣。

「洪玉英，你在哭什麼？」林秀月詫異地問。

「林秀月，我媽不准我參加聯考。」洪玉英一面哭一面說。

「為什麼呢？你媽媽不是很有錢嗎？為什麼不給你升學？」

「我媽要結婚了，她要嫁給一個年老的生意人。那個人不想我跟過去，所以，我媽要送我到鄉下的外婆家裡。她說，女孩子讀書幹嗎？長大了還不是要嫁人？還是跟外婆學做家務去吧！」洪玉英拉著林秀月的手：「林秀月，我們兩個好可憐！恐怕全班只有我們兩個不能升學了。」

「啊！洪玉英，你真的好可憐！」林秀月不忍說出自己的好消息，以免刺激她的好朋友；但是，她又不知道該怎樣去安慰她的朋友。

「林秀月，我們以後恐怕不能再見面了！」洪玉英嗚咽著說。

「洪玉英，你的外婆住在哪裡？」林秀月問。

「我外婆住在雲林的鄉下地方，我媽說過兩天就要送我去了。啊！我好恨我媽媽！林秀月，還是你幸福，你有一個好媽媽。」洪玉英用手背擦著眼睛。

「嗯！我的媽媽的確很好。只是，除了這件事以外，你媽媽不是對你也很好嗎？你為什麼要恨她？」第一次聽到別人稱讚她母親，林秀月感到很得意；但是，她不明白洪玉英為什麼會不喜歡她那個美麗的媽媽。

「林秀月，你不知道，我媽媽一直都是只管她自己，從來不關心我的，我比誰都可憐都寂寞，除了你，我一個好朋友也沒有。現在，我又要被送到鄉下去，你說我怎麼辦？」洪玉英說著，又哭了起來。

林秀月不知道說些什麼話好，就只好陪著她一塊兒哭。

過了幾天，洪玉英果然被她媽媽帶走了，她們坐上一部計程車，同行的還有一個矮矮胖胖的禿頂老頭子。

當洪玉英哭腫著眼睛向站在門口送別的林秀月揮手說再見時，林秀月忽然覺得洪玉英的媽媽不再美麗了。她那高聳的髮型看著使人噁心，她粉白的臉蛋像是鬼怪，她華麗的服裝包裹著一個醜惡的靈魂，她的微笑完全是虛偽……最重要的一點，她是一個不慈愛的母親。

送走了洪玉英，林秀月走回屋裡，她的母親正坐在一張矮凳子上削番薯。母親看見她，立刻高興地說：「今天生意真好，一擔番薯就只賣剩這幾個了。等一下我要炸番薯片給你們吃。」

她母親上午給人家洗衣服，下午去賣番薯，晚上還要給一家餅店糊紙盒；她一天到晚的工作不停，才空下來，又忙著給她的子女弄吃的。

媽媽炸的番薯片又香又脆，是世界上最好吃的東西。媽媽的眼神多慈祥，笑容多親切，聲音多甜蜜，她是世界上最慈愛也最美麗的母親。我以前為什麼沒有察覺到呢？

林秀月走過去，伏在母親的膝上，眼淚不由自主的就流了出來。

秋夜宴

在這次貴族的、豪華的、充滿詩意的秋夜宴上，一開始，王海笙就決心要做一個最沈默的、最謙卑的客人。他坐在末位上，傍著他的是他的姑母，今夜的女主人。除了幫忙姑母招呼客人吃菜，替客人倒酒，他幾乎沒有開過口。

這雖是一張圓桌，但是旅居海外多年的姑父母卻採取半中半西的坐法，姑母坐在背門的末座上，姑父陪著主賓坐在上首，其餘的客人則是隨便坐著。

除了王海笙之外，席上都是社會上的知名之士。姑父是位著名的律師，客人之中，也是非富即貴；然而，今夜他們的光輝卻都被那位美麗的主賓陶蘭芝遮掩了。她是月亮，其餘的人都是星星，而叨陪末座的王海笙更是最晦暗的一顆。

陶蘭芝穿著一件長袖的紫紅色絲絨旗袍，項下排著一串亮晶晶的真珠項鍊。她的頭髮全部攏向腦後梳成高髻，白皙的臉始終帶著優雅的微笑；在她的微笑中，舉座的人都有如同浸浴在月亮的銀光下那種舒適的感覺。

盛著琥珀色液體的高腳玻璃杯像是水晶製成，純銀的筷子和湯匙擦得發亮；冷盤中有金子、白玉、瑪瑙、鑽石和黑寶石，那盤螃蟹彷彿是珊瑚和翡翠的製品。酒香、肉香混和著香水和脂粉的芬芳，水晶酒杯和純銀筷子在圓桌上往來飛舞。人們把最美麗的恭維和最溫暖的祝福一杯又一杯地紛紛獻給陶蘭芝，儘管室外也有月亮，但是人們只喜歡人間這一個。

王海笙默默地坐在那個不怎麼受人注意的座位上，迷惘地注視著那個豐盈的人間月亮。這會是三十年前那個小女孩嗎？那個曾經跟他在小學中同學六年，愛鬧也愛哭的野丫頭，今天會變得如此高貴？如此文靜？

可是，我不會記錯的。名字相同，兩眉之間那顆黑痣也仍然無恙。何況，她又是我們的同鄉？本來，像王海笙這樣低微的身份——一間中學的小職員，是沒有資格參加這種豪華的宴會的。今天，他有事來看他的姑父姑母，胖胖的姑母正忙著佈置餐間。

「海笙，你來得真好，我正要找你哩！」姑母一看見他，就高興地叫了起來。

「姑媽，有什麼事嗎？」王海笙有點愕然。

「晚上你來吃飯，有好菜。」不待海笙問下去，姑母又繼續說。「我們要請一位由美國回來的女律師吃飯，她是我們的同鄉，又是你姑父以前的學生，年紀才不過跟你差不多，在美國卻已經相當有名氣了。」

「姑媽，我——」海笙想推辭，因為他不喜歡跟陌生人應酬。

「不，你一定要來。我們本來請了十二位客人的，剛才臨時有一個客人打電話來說不能參加，一桌就變成十三人了。我不喜歡這個數目字，你必須湊足十四個，再說，你也可以幫幫我招呼客人。」

聽了姑母的話，王海笙的心往下一沈，只好無言地點頭答應了。她是我的姑母，她請客，我要湊數，要我幫忙，我還能推辭嗎？

晚上，他換上那一百零一套的比較新的西裝，早早就來到姑母的家，一進屋，他就發覺了自己的多餘。在其他的客人還沒有來到之前，姑父忙著打電話，姑母忙著佈置和監廚，他要幫忙卻插不上手，只好悶坐看報。當別的客人來了，姑父母又忙著跟人家聊天，把他冷落在一旁。他默默地坐在一旁，只聽見他們不斷的在談論一位陶小姐、陶律師和蘭芝。蘭芝，她姓陶嗎？陶蘭芝？難道她就是我在小學時的那個女同學？想到這裡，王海笙的臉微微一紅，她，何止是同學？該說是他初戀的女孩才對啊！

他想起了一張圓圓的小臉，小臉上有兩顆的溜溜的黑眼珠，兩道眉毛之間有一粒黑痣，笑起來露出來兩排整齊的牙齒，可愛得像個洋娃娃。那時的他，就已常常默默地注視著她，希望長大後娶她做妻子。他們只在一二年級的時候一起玩過，她野得像男孩一樣，爬樹、騎牛、打野仗，樣樣都來。三四年級以後，他們就不大在一起了，女生都不喜歡跟男生玩嘛！所以他只有默默注視的份兒。

一陣歡笑聲把王海笙驚醒。他發現大家眾星捧月似的捧進了一個麗人。在醉人的高級香水的馥郁中，他一眼就看到了那顆雙龍抱珠的黑痣，然後，是那雙溜溜的黑眼珠。沒有錯！沒有錯！黑痣是不會變的，黑眼珠雖然沒有二十年前的明亮，也依然美麗動人。不同的是，圓臉變長了，而她的個子又長得這麼高，亭亭玉立的，出人頭地。

姑父一一為她介紹賓客，王海笙站在一旁，一顆心砰砰地跳個不停。最後，輪到他的時候，由於他並沒有輝煌的履歷，姑父只是輕描淡寫地說：「這是我的內姪王海笙。」

王海笙滿臉堆起真誠的笑意，準備跟她說：「陶蘭芝，你還認得我嗎？我就是王海笙。」可是，美麗的陶蘭芝只是循例伸出她那隻白嫩的、塗著銀紅蔻丹的手，用指尖跟他的手心碰了一碰，並且微笑著點了點頭，就被大家簇擁到客廳最醒目的沙發上。

他呆呆地站在原處，好一會才走到角落裡一張椅子坐下，在陰影中注視著她那容光煥發的臉，就像小時候在教室中那樣。她是不認得我了嗎？還是只因為被那些人打斷了？不管她認得不認得，等一下有機會我要跟她講出來的。多麼難得！童年的伴侶，在三十年後又重逢。

寶島的秋夜是溫馨的，園裡的桂花偷偷沁進幽香，使得室內的氣息更加醉人。皇后般的陶蘭芝端坐著，微笑著，接受著她的臣民的膜拜。王海笙迷惘地注視著她，她跟我同年的，今年不是已經四十二了嗎？為何還如此美麗？大家都稱呼她陶小姐，又沒有看見她的丈夫同來，難道還沒有結婚？沒有結婚也好，像我這樣，收入既少，孩子又一大群的，有什麼好處？

「海笙，你還沒有向陶小姐敬酒哪！」不知什麼時候，姑母輕輕的碰了碰他的臂膀。

「哦！」他如夢初覺似的，機械地舉起了酒杯，晃了晃杯中琥珀色的液體，帶著很勉強的笑容對陶蘭芝說：「陶小姐，我敬你。」

陶蘭芝正在跟別人講話，他叫了兩聲，她才聽見。她用充滿了歉疚的眼光和最高雅的微笑來迎接他勉強的笑容，舉起杯子，略略沾了沾唇，然後說了一聲：「謝謝你。」

他覺得她並沒有什麼架子，態度也很親切，很想乘機問她「認得我嗎？」可是，陶蘭芝的目光已經移開了，在二十幾雙眼睛的眈眈下，內向的他，便不敢再開口。他想，現在也許不方便話舊，等一下席散後再談吧！

琥珀色的液體光了一瓶又一瓶，細瓷盤子撤了一個又一個；無數客氣的恭維，無數不著痕跡的阿諛，無數使人會心微笑的風趣，無數使人莞爾的幽默，更增加了這個宴會的情調。當最後一道銀耳羹為他們油膩的胃腸添了點甜意時，客人們都覺得他們無論在精神上和食慾上都得到無比的滿足。

大家各自捧著一杯清香撲鼻的香片，又坐到客廳上來了。陶蘭芝這輪月亮依然坐在當中，眾星緊緊地包圍著她，而王海笙這顆晦暗的小星星依然躲在角落裡。

這時男士們有的走開吸煙去了，圍在陶蘭芝身邊是幾位中年的太太，她們吱吱咕咕地談論髮型和服裝，當然，她們並沒有忘記稱讚陶蘭芝的美麗。

忽然，王海笙聽見一位胖太太的大嗓門：「陶小姐啊！這次你的男朋友怎麼沒有一道回來觀光一下嘛？」

在陰影中的王海笙立刻緊張地睜大了眼睛。

燈光下的陶蘭芝嬌羞地兩頰泛紅：「我哪裡來的男朋友？」中年的女性，竟像少女一般的害羞。

那些太太們嚷著「不相信」；在王海笙的眼前，陶蘭芝卻又變成了三十年前那個小姑娘。畢業的前夕，他們的班上去遠足，玩了半天，當陳老師吹哨子召集大家歸隊時，忽然發現少了一個陶蘭芝。老師急了，立刻派幾個年紀較大的男生分頭去找。王海笙也是其中之一。那時的他，比老師還要心焦，他一面向山深的地方走去，一面喚陶蘭芝的名字；他想，假如我找不到陶蘭芝，我也不要回去了，我要在這裡陪伴她。

他走了很久，天都快黑了，還沒有陶蘭芝的影子，正當他急得快要哭出來的時候，突然有一個小小的人影從荒徑中哭著奔出來，那不是陶蘭芝嗎？

「王海笙，我迷路了，老師他們走了沒有？」她像遇到了親人似的，一面哭一面說。

「沒有，他們正在等你哩！我們快回去吧！」王海笙像個小哥哥似的安慰著她。

在返回集合地點的路上，陶蘭芝告訴王海笙，她是被一隻美麗的大蝴蝶所引誘，所以才會離開了隊伍，愈跑愈遠的。她絮絮地形容那隻蝴蝶如何美麗，又不斷地說失去牠如何可惜。王海笙記在心裡，第二天，便特地撲了一隻翅膀上有著紅黃黑三色圖案的大蝴蝶送給她。那時，她臉上的表情便跟現在一樣，有無比的嬌美，有微微的羞澀。

從回憶到現實，王海笙發現陶蘭芝現在又換了一種表情，她正在滔滔不絕地談論美國的法律，溜溜的黑眼珠流露出無比的智慧，甜美的聲音變得剛強有力，跟剛才那個害羞的婦人完全不同。當然哪！人家現在是美國的名律師嘛，士別三日都要刮目相看，何況三十年？誰像我這樣落拓呢？王海笙慚愧地低下了頭，心中充滿著「君乘車，我戴笠，……」「冠蓋滿京華，斯人獨憔悴」的感覺。

其實，在小學時，陶蘭芝的成績差我太遠了，假使不是她因為家裡有錢，後來讀的都是教會中學和大學；假使我不是因為戰爭而不能完成學業；我們兩個人的命運又何至如此懸殊？雖說環境是人為的，冥冥中何嘗又沒有一個不可抗拒的主宰？

「海笙，你一個人躲在這裡做什麼？」不知何時，姑母已站在他的面前。

「姑媽，有事要我做嗎？」他慌忙地站起來。

「你來！」姑母低聲地對他說，並且以目示意，叫他走出客廳。

他跟著姑母走進她的臥室。姑母塞了一張五十元的鈔票在他手裡，說：「客人馬上就要走了；你先打電話叫幾部車子來，並且負責送陶律師回到她所住的地方去，這是車錢。」

他的心房急促地跳動著。啊！送她回去，這機會太好了，當我和她單獨在車上相對時，我不是可以告訴她我是誰了嗎？他開心地答應了姑母的吩咐，卻不肯收下那五十元；但是，姑母不由分說的就把鈔票塞在他的口袋裡。姑母知道他的經濟並不富裕，她不要增加他的負擔。

豪華的秋夜宴已到了曲終人散的階段，陶蘭芝一站起來，其他的客人也紛紛告辭。姑父姑母送客人到門口，王海笙也站在他們的身邊。夜漸深，風漸勁，桂花的香氣也更濃，缺了四分之一的下弦月掛在樹梢上，發出淡淡的光芒，給人一種冷艷的感覺。

「蘭芝，讓我的姪兒送你回去。」姑母執著陶蘭芝的手說。

「師母，不用送了，謝謝您。」陶蘭芝推辭著，雖然臉上仍然保持著優雅的微笑，但是居然沒有望向站在姑母身旁的王海笙一眼。

她的心目中一定還沒有我這個人。王海笙偷偷望著她兩眉之間的黑痣，心中不覺冷了半截。

「還是我來送小姐吧！」旁邊忽然殺出了一個程咬金，那是有著美男子雅號的莫司長。這位高大、壯碩、一表堂堂、服裝講究的中年紳士，今夜一直是宴會中的領導者，他能言善道，談笑風生，幾乎把主人的地位取代了。剛才，王海笙還是很佩服他的交際手腕和口才；現在，卻生出了很大的反感，因為他想起了莫司長喪偶才不過幾個月。

「不，莫司長，怎好意思麻煩你呢？」姑母連忙緊張地想阻止他。

「那有什麼關係？方便得很嘛！」莫司長一面展開一個禮貌的笑容，一面招著手，他那部華麗的黑色轎車就從花園中的水泥路上緩緩駛過來。

「小姐，請！」莫司長微微彎著腰，手一伸，作出一個優美無比的姿勢，眼光溫柔地望著陶蘭芝。

「老師，師母，我看我就打擾莫司長的車子算了。謝謝你們啊！」陶蘭芝伸出玉筍般的手和姑父姑母相握，接著，莫司長便過來扶她上車。在這段過程中，王海笙雖然一直站在姑母的身邊，她卻始終沒有望他一眼。

莫司長的黑色轎車已經開走，其他的客人也都已離去，王海笙對姑父姑母說，假如沒有事，他也想回家了。說著，他把五十元還給姑母，姑母卻又塞回去，說要他替她買糖果給孩子們，她一面說一面推他走，使他沒有辦法拒絕。

他悵悵地走出了姑父家的花園，踽踽地走在夜街上，從那場豪華的秋夜宴中出來，使他有著仙德瑞拉從王宮中跳完舞回家的感覺；仙德瑞拉丟掉了玻璃鞋，舞衣變成了破衣，而他，卻是丟掉了一個剛剛拾回的童年美夢。

街燈把他瘦削的影子拖得好長好長。秋夜的天空上，那個缺了四分之一的下弦月放射出冷冷的清光。

小教堂前的流浪漢

當我一眼看到山坡上那間小教堂時，一顆心就突突地跳個不停。它還是二十三年前的老樣子，謙卑地、沉默地站在那條幽靜的山路旁邊。在晴朗的藍天底下，它那尖尖的紅瓦屋頂已經褪色了；可是，屋頂的十字架卻仍像當年一樣不分日夜地在虔誠膜拜上蒼。

我興奮地加速步伐，開始拾級上山。一面走一面觀察四周的環境。香港是變了，變得使我認不出來了。二十三年前我天天走過這些石階去上學，這裡還是相當荒涼的；然而現在這裡到處矗立著遠看像火柴盒一般的大廈，除了那間小教堂，我再也找不到一樣從前的景色。

怪不得爸爸剛才對我說：「阿沅，你從前上學的那間教堂還沒有拆哩！什麼時候有空我帶你去看看。」

「真的嗎？那麼我現在就去看！」我高興得跳了起來。

「我今天沒有空陪你去，明天去不好嗎？」爸爸說。

我說不行，今天是我唯一「自由」的一天，明天媽要帶我到四姨家裡去，後天王伯伯請吃飯，大後天表姊請我到石澳去玩，然後，大大後天我要去買東西，因為，大大大後天我就要回臺灣去。

於是，我拒絕了媽媽的作陪，獨自一個人摸索到這裡。離開香港十多年，街道已不大認得了，還好，下了電車，我只問了兩次路，就走到了山腳下。

呀！我走到教堂前的出路上了。隔著那條一丈多兩丈寬的山路，我又仔細端詳它一次。石塊砌成的灰色的牆有了風霜的痕跡，大門外的鐵欄杆也已斑駁不堪。厚厚的木門敞開著，傳來陣陣莊嚴的電風琴的韻律。我的心又在砰砰地跳了，這琴聲多熟稔呀！二十三年前，每個早晨我們不是都在這樣的樂聲中唱聖詩和禱告嗎？

我按捺著那顆跳動的心跨過馬路去。教堂前面一顆大樹下有一個衣衫襤褸的男人在靠著樹幹打盹，當我走過時，我發現他睜開眼睛看了我一下。這時，路上靜得很，幾乎一個人也沒有，我很害怕，只好闖進教堂裡。本來，我並不想進去打擾的，在外面流連一刻，重溫一下少女時代的舊夢，我就很滿足了。

我急急忙忙走進教堂裡。裡面空無一人，但是我高跟鞋敲在磨石地面的響聲驚動了背門彈琴的牧師。他轉頭過來，是個白髮蒼蒼的外國老人。他慈藹地向我笑了笑，停止彈奏，向我走過來，用流利的粵語問我有什麼需要他幫忙的地方。

我謝了他，告訴他二十三年前我們學校曾經借這間教堂做校舍上課的事，並且指著西邊的走廊說：「我們那班的教室就在那裡，那時是用布屏風來隔開的。」

「你真是個好孩子！特地回來看你的母校，不錯！不錯！」他慈祥地拍著我的肩膀說。

我臉紅了，多少年來已沒有人稱我做孩子了啊！

「我可以到後面看看嗎？」我問老牧師。

「為什麼不可以？歡迎！歡迎！我帶你去！」好心的老牧師伸出手優雅地做了一個「請」的姿態，在前面帶路，我跟著他從側門走了進去。

我看到了以前作為教務室和校長室的那幾個房間，佈置雖然不一樣，房間卻還是原來的那一間。啊！少女時代的夢又回來了；我彷彿看到一群天真活潑的藍衣藍裙的女孩子三三五五地在走廊上談笑，銀鈴般的笑聲還清脆可聞；我清楚地記得有一年愚人節我被同學騙說校長找我而慌慌張張地跑到校長室去的情景；我想起了……

老牧師輕輕地咳嗽了一聲，我這才驚覺自己站在那裡發呆得太久了。

「牧師，你認識我們的校長嗎？」我不好意思地笑了笑，愚蠢地問。

「我不認識。我是戰後到這裡來的，而你們的學校是在戰時遷到這裡的，是不是？」

我點點頭，臉又紅了。「牧師，謝謝你。我看夠了，再見！」為了掩飾自己的不安，我只好告退。

「再見！你住在什麼地方？有空來做禮拜吧！」他伸出多骨的手來和我相握。

「我是從臺灣來的，過幾天就要回去了。」我說。

「噢！願神祝福你！」他的英語脫口而出。「臺灣是個好地方啊！」

「謝謝你！再見！」雖然他那兩句話使我很高興；但是，我覺得我打擾他太久了，還是趁早告退的好。

我懷著激動的心情走出教堂，跨過馬路時，又情不自禁地回頭去再望它一眼。在晴朗的初秋陽光下，十字架、紅屋頂、灰牆、鐵欄杆……一切一切，都和我記憶中的一模一樣；可是啊！時光已流轉了二十幾個寒暑了。我傷感地抬起緩慢無力的腳步開始走下石階，教堂裡又傳來莊嚴美妙的琴韻。

當我把石階走了一半的時候，忽然聽見有人在背後輕輕在叫：「范如英！范如英！」范如英？這是我從前要好的朋友的名字呀！我們以前就是一同在這間教堂裡上過學；不過，我們也有十幾年沒有通過音訊了，今天怎會在這裡聽到她的名字呢？

我驚訝地回頭一看，在我身後沒幾步的石階上，站著一個穿得破破爛爛像叫化子一樣的男人，正居高臨下地俯視著我。他，不算是個難看的人；除了皮膚太黑，以及滿臉的鬍鬚以外，一雙黑黑的大眼睛，還隱約殘留著年輕時候的丰采。

他到底在叫誰呢？我又驚慌又詫異地望著他，也張望了一下四周。除了我和他，這附近沒有第三個人。於是，我想起了很多可怕的念頭，不禁立刻就加緊腳步，急急走下去。

想不到他也跟著下來，而且在背後還一直喃喃地說著：「范小姐！范如英！你等一等！別走呀！我有話跟你講。」

現在，我已走到馬路上。路上有汽車來往，遠遠也有三兩個人向這邊走來；於是，我不再怕他了。我在路旁站定，很嚴厲地問他：「你這樣跟著我到底想做什麼呢？你再跟下去的話，我要叫差人（註）了。」

「范小姐，你何必這樣呢？你雖然不記得我，可是，我早在二十幾年前就已經識認你的呀！」在九月的陽光下，他棕色的臉因為激動而冒著顆顆汗珠；黑黑的眼睛也露出了熱情的光芒，正急切地凝視著我。我告訴我自己，這不是個壞人。

「先生，我不是范如英，你認錯人了。」我說。

「你是的，范小姐，你用不著騙我。雖然我已經有二十三年沒有見到你，不過，你的樣子我不會忘記的。那個時候，我天天看著你們從那間禮拜堂放學出來，你就是現在這個樣子，只不過那時你梳著兩條辮子而現在燙了頭髮！」他滔滔不絕地說。當他露出牙齒時，我發現它們是又潔白又整齊的。

啊！這個就是剛才在教堂門口打瞌睡的人。

註：香港稱警察為差人。

「你真的認識范如英？」我開始感到好奇了。

「為什麼不認識？范小姐，我就是以前在禮拜堂對面開糖果店的阿榮呀！你不認得我了嗎？」他搓著雙手，用急切而期待的目光望著我。

「你就是阿榮？」我失聲地叫了起來。

是的，當我們在那間小教堂裡上學時，對面有一家小小的糖果店，我們每天下了課就去買零食。店裡有一個小夥計，年紀跟我們差不多，樣子長得很傻，可是卻十分害羞，從來不敢用正眼看我們，一些比較膽大的同學還常常故意逗他，使他發窘以為笑樂。這一切，我都記得很清楚；只是，我沒辦法把面前這個髒兮兮的男人和當年那個漂亮的小伙子聯想起來，也想不透他為什麼知道范如英的名字，又為什麼把我當作范如英？

「是的，我就是阿榮。」他的黑眼睛不斷地眨著，黝黑的臉上泛起了淡淡的紅暈，似乎有點當年害羞的樣子。

南國初秋的陽光曬得我發昏，我的雙足也因久站而微感疼痛；但是，我又不願放棄可以知道阿榮和范如英之間的秘密的機會。我四周張望了一下，對面前那個流浪漢似的男人說：「這裡附近有沒有冰室？我們去坐一坐好嗎？」

「范小姐，你——你不怕和我這樣一個下等人在一起？」他吃驚地訥訥的說。

「阿榮，我先要告訴你，我不是范如英，我是范如英的同學，當年也是天天跟你買糖果的女學生之一。」我說著便開步走。「現在我們去找個地方坐坐，我累了。」

他跟在我的旁邊。「你不是范如英？樣子為什麼那麼像？當年我為什麼又沒有發現有人跟她相像呢？」

「不錯，當我們同學時，也有人說過我和她像；不過，所謂像，也只是五官相似而已，不細看是不會覺得的。那時，她是圓臉，我是長臉，這些年來我胖了一點，而你又多年沒有看到過她，所以認錯了。」

路旁有一間小小的冷飲店，我首先走了進去，他跟在我後面。當我們對坐在一張桌子上時，老板娘走過來問我們要什麼，她只是不解地瞥了我們一眼就走開，以後沒有再投過來好奇的注視。這就是香港，香港是一塊無奇不有的地方，一個主婦和一個流浪漢在一塊兒飲冰，算不上是大不了的事。

我要了一瓶可口可樂，他卻要了一大杯冰淇淋。當我正想開口問他什麼時，忽然想起我出來已經太久，媽在家裡不知擔心成什麼樣子了。於是，我走到櫃臺前，跟老板娘借電話打回家裡。媽在電話裡一聽見我的聲音就急急地問我是不是迷路了，要不要來接。

「我在小教堂外遇到一個舊同學，我們現在在冰店裡談談話，要晚一點才回來。」我故意大聲地說。

當我打完電話時，老板娘在櫃臺後投給我一個友善的微笑。

回到座位上，我啜了一口可口可樂，阿榮卻已把一大杯冰淇淋吃完了。我給他又叫了一份。

「假使你真的不是范小姐的話，我該叫你什麼小姐呢？」他一面大口地吃著冰淇淋，一面問。

「你叫我林太太就行。阿榮，你願意告訴我你為什麼會知道范如英的名字嗎？」

「那不是簡單得很嗎？」他乾笑了一下。「你們每次來買東西時總是三五成群地吱吱喳喳的像一群小麻雀；我只要留意一下，就聽得出每個人的名字了。不過，知道名字又有什麼用？我跟她連一句話都沒有講過呀！林太太，你知道她現在哪裡嗎？」他激動地問。

「很對不起！我和她也有十幾年沒有通訊，我只知道她原來在上海，後來有沒有逃出來我就不知道了。阿榮，你既然跟她連話都沒有講過，為什麼對她這麼關心呢？」

「我—我——」他訥訥地說，臉卻脹紅了。

忽然間我明白了。「阿榮，你有沒有寫過一封信給范如英？信後沒有簽名，卻寫著『愛你的人』四個字，對不對？」

「那是我寫的。」他低著頭，小聲地說。「她把那封信公開了？」

「沒有完全公開，她只給我和另外兩個要好的同學看。」我啜了一口冰涼的飲料，盡量抑遏著嘴邊的笑意。那封無頭「情書」，曾經成為我們那一個學期的笑料。雖則范如英在看完之後就氣得立刻拿到我家裡去燒掉（她不敢在學校燒，也不敢拿回家裡燒，因為怕被校長、老師和父母知道）；但是，那拙劣的字跡，幼稚的句法，還有他稱她是他心目中的觀音大士，卻使我們這幾個看過信的人留下很深的印象。如英固然收到「無聊的信」而感到煩惱，不過，她和我們一樣，都對到底誰是發信人這個謎很感興趣。我們是女校，誰都沒有男朋友。我們幫她把她所認識的全部男性親友列出名單，一一加以假定，又一一加以推翻，其中沒有一個是有可能性的。最後，我們下結論，一定是街上哪個無聊男子偶然聽到范如英的名字就發起神經病來寫這種無聊的信，不理他就是，反正信裡也只是說一些愛慕的話，並沒有任何企圖呀！慢慢地就誰都把這件事淡忘了。

「范小姐看了信有什麼表示沒有？」阿榮緊張地問我，眼裡閃動著熱切的光芒。

「阿榮，事隔多年了，你還想知道它做什麼？」為了要緩和他的情緒，我笑了笑，故意慢慢地說。「那個時候我們大家都是孩子，我相信你一定是由於一時好玩才寫那封信的。」

「不，我是真心喜歡她的！不過，我知道我配不上，我只讀過小學，而你們那個時候已經快要高中畢業了，後來你們又都上了大學，是不是？」他激動地問。

「是呀！戰事發生以後，我們都到內地去升學，畢業後又都結了婚。大陸淪陷以前，如英寫信告訴我她已有了一個孩子了。」我又故意地說。

「當然，她應該結婚的，她的孩子現在一定已經十幾歲了。林太太，你說，她現在會快樂嗎？」他喃喃地又問。

「我不知道。上海這個地方——」我搖搖頭。我不敢往下說了，香港情形複雜，還是少惹麻煩吧！

「她應該快樂的！我一個人痛苦就夠了。」他又喃喃地說。

「阿榮，你說什麼？」

「沒什麼！其實我的痛苦跟她是沒有關係的，我不應該把她扯在一起。」他面容黯淡，眼睛望著遠處，似在回憶什麼。「你願意聽我講幾句話嗎？林太太。」

「你講吧！我在聽著。」

「我是個孤兒。我只讀了三年小學。那家糖果店的老板是我的遠親，他收容了我。」他開始有一搭沒一搭的講述他的往事。「我從小就是個孤獨而害羞的孩子，從來沒有過朋友。有一天，在對面教堂上學的幾個女學生來跟我買糖果，我不小心多找了錢給她們，但是，其中一個卻立刻把多出來的錢還給我，並且很和善地對我笑了一笑。我當時真感謝她，因為假使她不還給我，回頭老板發覺少了錢，我就要捱一頓痛罵了。當她對我笑時，我發覺她有一張白淨的美好的臉，她多像我們店裡供奉的那張白衣觀音像呀！從此，我就暗暗地喜歡著她。可是，我太害羞了，雖則她幾乎每天都來買東西，我卻從來不敢跟她說話，甚至不敢正眼看她，後來，實在忍不住了，才——」說到這裡他頓了一頓。

「才怎麼樣？」我著急地問。

「才寫了那封可笑的信給她。當然，我知道不會有結果的，只望她知道有個人在暗中愛著她就是。然後，不久以後，戰爭突然發生了，你們的學校停了課，我再也看不到她。日本飛機來轟炸，我們的店鋪被炸毀，老板一家全被炸死，那天我剛好出去買貨，居然逃過了劫數。我們附近很多房屋全被炸平了，你們那家小禮拜堂卻還是好好的。從此我不信觀音，我信了耶穌。」他把杯底一些冰淇淋溶液喝光。

「阿榮，你再喝點什麼好嗎？」我說。

「不，我胃腸不大好，不能多吃冷的。林太太，說出來你一定不會相信，從那天開始，我就沒有離開過這間禮拜堂。打仗的時候，它改為難民收容所，我是被收容的難民之一。假如沒有它，我一定會餓死的，舉目無親，叫我如何活下去呢？戰事結束以後，它不再收留難民了，但是，我捨不得離開它，因為范如英曾經在那裡上過學。於是，我把它後面的一個防空洞作為我的家，每天出去找些散工做來維持自己的三餐。我做過碼頭苦力、清道夫、擦皮鞋的，甚至做過打石子的工人；除了回憶與范如英的有關的一切以外，我不知道自己為什麼而活著。」他眼中的光芒黯淡下去，正像室外的斜陽。

「啊！阿榮，你現在還住在防空洞裡嗎？」我同情地問。

「不，托賴主耶穌，我在山上有一間小木屋了。」他裂了裂嘴，又露出了整齊雪白的牙齒。這時，我隱約看到當年那個漂亮的小伙子的影子在他臉上閃過。

山上的小木屋？那是我一到香港就注意到的。在矗立著的摩天樓背後，一間間破爛的小木屋鑲嵌在山石上，那就是千千萬萬難民的棲身之所。

「你現在有工作沒有？」我又問。

「沒有，我還是做散工。懶散慣了，我倒覺得這樣很舒服。自從戰後，我天天都到禮拜堂的圍牆邊午睡，我幻想有一天范如英會回來，十幾二十年就這樣過了。今天，不知怎的，我覺得有點心神不寧，靠在樹身上老是睡不著。然後，我聽見清脆的高跟鞋響，我想，她來了，睜開眼一看，果然是她，我以為自己是在做夢，狠狠地把手背捏了一把，卻是痛的。於是，我下決心要跟你講幾句話，我已經等了半輩子，我不能再錯過這個機會了。」

「可惜，你遇到的是我而不是她。」我嘆了一口氣，現在，我完全同情他了。

「這也沒有關係。起碼，我知道了她的一點消息，也吐露了我心中的秘密。你不知道，當一個人心中有著秘密而沒有人可以傾吐時，那是一種什麼滋味？」

「阿榮，你有沒有想到過要成家呢？你現在年歲不小了，將來老了靠誰？」望著面前這個寂寞的中年流浪漢我忍不住婆婆媽媽起來。

「成家？我想都沒有想過。我怎能養得起老婆？又有誰肯嫁給我這個窮鬼？」

「那你總得為將來打算呀！」

「有什麼好打算呢？有一天過一天，我不要想得那麼遠。」

「你以後還要到禮拜堂前面去午睡嗎？」

「我還是要去的，因為我在那裡可以得到安慰。」

我打開皮包，從裡面拿出了兩張十塊錢的港幣，趁著老板娘往外望時塞給阿榮說：「阿榮，我家裡在等著我回去，不能請你去吃飯，你自己去吃頓好一點的吧！」

「不，我自己有，我不能拿你的。謝謝你聽了我半天廢話，我先走了。」他把鈔票推了回來，站起身立刻就往外面走。

望著他那微微佝僂的身影消失在街頭的暮色中，我不覺惘然許久。當我付過賬走出店外時，夜已完全籠罩在太平山上了。高樓的窗戶到處閃爍著蒼白的日光管，五彩的霓虹燈在四周向我眨眼，電車的隆隆聲和輪船的汽笛聲包圍著我，我發覺自己第一次迷失在香港之夜裡。

葬禮

這真是一隊怪異的送葬行列。

一匹矮小醜陋的褐色瘦馬，脖子下套著一串白色花環，踏著緩慢的步伐，拖著一輛板車。板車上放著一具黑漆的薄棺，棺材上面也放著一串白色的花圈。跟在板車後面的是三個送葬的人：一個是披著黑紗的少女，一個是戴眼鏡的青年，一個是沒有戴眼鏡的青年。沒有戴眼鏡的青年手中捧著一部錄音機，一遍又一遍地播放著蕭邦的「送葬進行曲」，沈痛、悲壯而淒美的旋律，縈繞在送葬人的耳鼓裡，進入了他們的心坎中。

天空陰沉沉的，落葉在秋風中飛舞著。當瘦馬在馬路上緩緩走過時，也偶然會有一兩片落葉停留在棺木上，但，是不到一秒鐘，又被風颳走了。送葬行列所經過的地方，路人都投過來詫訝的眼光；不過，他們只注意那個披黑紗的少女，至於那個躺在棺材裡的人是誰，卻沒有人關心。

那個躺在棺材裡的人，跟那三個送葬的人，在一個多月以前，還一起在咖啡室中聽唱片。當他們聽完了蕭邦這首「送葬進行曲」的時候，現在躺在棺材裡的人悠悠的嘆了一口氣說：「太完美了！太完美了！假使我死時能夠有這首音樂送葬，那麼，人生又有何憾？」

「我覺得這首曲子比英雄交響曲中的葬禮進行曲還要好聽。」

「蕭邦可人！我愛蕭邦！」

「我從來不曾聽過這樣感人的曲子。」

其餘三個人也一人一句的說著。就這樣，不知是誰提議，每個人說出他自己所希望的葬禮。美麗的凌玲，四個人中唯一的女性，擁有優先發言權。她想了一想，說：「我要我的屍體打扮得比平常還好看，我要穿上最漂亮的衣服，躺在一具玻璃棺材裡；棺材的四周，鋪滿了鮮花。我不要埋在泥土中，我要把棺材停放在花園中一間特備的屋子裡，屋頂爬滿了紫籐花。當然，出殯的時候也要大大的排場一番，我要請很多樂隊演奏一些悅耳的曲子，使我快快樂樂地離開人世。」

「假如你的丈夫沒有那麼許多錢為你那樣做呢？」坐在他身旁的賀嘉德，握著她的小手，憂鬱地問。

「那我寧願不死！」凌玲笑了笑，露出了一排白玉似的牙齒。接著，她又拍了拍賀嘉德的膝蓋說：「放心！我還沒有嫁給你，就是嫁給了你，也不見得立刻就死。」

「好！凌玲說得好！她不見得一定嫁給你，你窮緊張做什麼？」張功常推了推架在鼻樑上的眼鏡，譴責地瞄了賀嘉德一眼。「現在，輪到哪一個言志？」

「我來說。」小醫生萬明遠舉起了一隻手。「我是個學醫的人，我對我屍體的處理方法，另外有一套道理。我要把我的屍體捐給醫院做解剖，廢物利用，以免糟蹋了父母賜給我的軀體。」

萬明遠的話才說完，其餘三個人就一起「Bravo」、「要得」、「偉大」的亂喊一通，使得咖啡室中其他的顧客都皺起了眉頭，怒目地瞪視著他們。

「噓！輕聲點。現在，該你了，賀嘉德。」張功常抬起了下巴，指向坐在他對面的朋友。

「不，你先說。」瘦弱的賀嘉德搖搖頭。

「好吧！我先說，先說了又不見得先死。我們大陸從前流行土葬，臺灣盛行火葬，我卻喜歡水葬。我死了以後，希望你們三個人，帶著我的屍體，坐小船划到基隆的外海，什麼儀式都不要，只要把我丟到大海裡就行。我愛海，我喜歡在死後回到海的懷抱裡。」張功常說到這裡，雙手一攤，作了一個自嘲的表情，然後又望著賀嘉德說：「Now, Your turn!」

「我的葬禮沒有凌玲的豪華，沒有小醫生的偉大，也沒有張功常的有詩意和超脫；我的，是有點怪的。」賀嘉德舔著嘴唇，慢吞吞地說：「我希望有一口黑漆的棺木，一部黑色的馬車和一匹掛著白色花圈的黑馬。我只要你們三個人送我。在世界上，只有你們三個人跟我最親近了，凌玲是我的愛人，你們兩個是我的好友。不論凌玲是否已經嫁了給我，我出殯時，請你給我披上黑色的頭紗，那樣你會更美麗的。當然，最重要的還是音樂，我就是要這首送葬進行曲送我去墓地，它是那麼憂傷，我覺得它正適合我的個性。」賀嘉德說到這裡，哀愁地望了凌玲一眼，就低頭啜著咖啡，不再說話。

其餘三個人聽了他的話，都沉默了一刻，似乎是被他悲傷的情緒感染了。還好，電唱機換了一首莫札特的交響樂，歡暢的旋律才漸漸把他們的憂鬱驅走。

沒有人能夠想像得到，「昔日戲言身後事，今朝都到眼前來」，開玩笑談葬禮，葬禮竟成真？披著黑紗的凌玲在悲泣了，淚珠綴在面紗上，彷彿顆顆珍珠，她果然更加美麗。戴眼鏡的張功常在默默地流淚，淚水使得鏡片模糊了，也使得他的步履更踉蹌。萬明遠也在默默地流淚，深深地自咎，我學什麼醫啊？我的醫術竟然挽不回好友的性命，如今只能跟在他的棺材後面給他放「送葬進行曲」。

賀嘉德啊！你為什麼突然會自殺呢？是為了凌玲始終不曾正式答應你的求婚？為了遲遲找不到工作？還是只為了那絕不會致命的慢性鼻竇炎呢？

「本人因厭世自殺，與任何人無關。」這張簡單得不能再簡單的遺書，就算是你對我們、對警察局、對世人的交待了嗎？不，光只「厭世」兩個字，那是不能成為你輕生的理由的。凌玲雖然遲遲沒有答應你，可是她也沒有拒絕你；找不到工作，你也還不到餓死的程度；那輕微的慢性鼻病，更是微不足道啊！那麼，你到底是為了什麼？為了什麼？難道真是瘋狂得為了想有「送葬進行曲」送你入土，就親手扼殺了自己的生命？亞里士多德說過：「沒有瘋狂性格的人，決沒有大的天才。」賀嘉德，我們多痛恨你的文學天才。是因為你能寫出清麗的散文和淒美的小詩，所以在你的血液中就奔流著瘋狂的因子嗎？假使真的如此，我們寧願你寫不出那些佳句。

「送葬進行曲」在重重複複地播放著，褐色的駑馬緩緩地走著，蹄聲得得，正好配合「送葬進行曲」的沈重拍子。賀嘉德啊！我們找不到你想像中高大的黑馬，也找不到黑色的馬車，只好用這匹醜陋的褐馬和板車代替了，你不會怪我們吧？

披著黑紗的少女、戴眼鏡的青年、沒有戴眼鏡的小醫生，都在默默地流著淚，在悼念他們去世的好友；但是，躺在黑漆薄棺材裡的人卻永遠長眠了，他聽不見好友們的悲泣，聽不見「送葬進行曲」憂傷的旋律，看不到世人對他的奇異葬禮所投來好奇的眼光，看不到駑馬和板車的醜陋。在另一個世界裡，也許他正在享受著他二十六歲的青春，也許他正挽著凌玲的手臂在一片茂密的松林裡散步，凌玲披長髮，穿紗衣，赤腳，像一個仙女。在那個世界裡，他是個用詩篇來換取食物的自由詩人；在那個世界裡，他的鼻子不再使他受苦。

秋風颯颯地吹，葉子沙沙地落，天空像一塊厚厚的鉛塊，沈重地壓著大地，還不時地飄著些細雨，醜陋的瘦馬拉著載著黑漆薄棺的板車，薄棺裡躺著年輕的天才，緩緩地走向墓地。市塵漸漸遠了，天色漸漸暗了，「送葬進行曲」哀傷、悲壯而淒美的旋律飄蕩在深秋的日暮裡，它絞扭著那三個送葬人的心。披著黑紗的凌玲在悲泣，戴著眼鏡的張功常在無聲地流淚，小醫生萬明遠在不斷地揩著眼睛。只有躺在棺材中的賀嘉德寧靜地睡著。

深秋的晚風把瘦馬脖子上的白色花圈吹得亂晃，把薄棺上的白色花環也吹得亂晃，凌玲頭上的黑紗在飛舞，張功常和小醫生的領帶也在飛舞；可是，秋風吹不散他們心中的悲痛。

「送葬進行曲」仍然不停不歇地播送著，此刻，哀傷、悲壯而淒美的旋律對他們已不再悅耳了。

拜拜之夜

好不容易盼到了這一天——早下了兩節課，也不必去當家教。方澤成心滿意足地坐在他的書桌旁邊，攤開了那本楚辭，準備與屈大夫和宋大夫神交半日；但是，當他才讀了兩行的時候，就聽見他父親用瘖啞而帶著痰響的聲音從房間裡喊著他：「阿成，今天晚上陳伯伯家裡做拜拜，我不舒服，你替我去一趟。」

一下子從戰國時代的楚國回到了中華民國五十五年的臺灣，方澤成的眉頭打了個大結。

「爸爸，我看，您不舒服不去也沒有關係吧？陳伯伯又不是只請您一個人。」

「你是怎麼搞的？讀到了大學，還是一點人情世故也不懂。固然陳伯伯請拜拜酒不只請我一個人，但是我們不去就表示看不起他，你知道不知道？」爸爸聲音裡的痰響和火藥味都加濃了。

「可是，我今天的功課很多。」方澤成撒了半個謊。

「你一天到晚就只知道讀書，你以為做大學生就了不起是不是？爸爸因為自己沒有唸過大學，所以辛辛苦苦的怎樣也要設法供你去受高等教育，想不到你書讀得愈多就愈目中無人。」爸爸咳嗽了一下，一口痰彷彿就要吐出來；但是，他並沒有起來，還躺在床上。「你瞧不起爸爸，瞧不起陳伯伯，不去就算了，只當我沒有生你這個兒子。」

「爸爸，我去就是，您何必說那些話？」方澤成忍著一肚子快要爆炸的怒氣，重重地把書闔上。

「怎麼？你還要跟我頂嘴？你不許我說話？」爸爸大聲嚷了起來。

媽媽滿手油污的從廚房裡趕出來，走到方澤成身邊，輕輕地說：「阿成，你爸爸生病，你就少說一句啦！」

「我已經答應去了，爸爸還要罵人。」方澤成把手肘擱在書桌上，用雙手蒙著臉。

「好啦！好啦！你別再說話，準備去吧！路程相當遠啊！」

媽媽轉身走進房間去勸慰爸爸，方澤成把楚辭重重摔進抽屜裡，拖著懶洋洋的步伐到浴室裡洗臉。他把水龍頭大開著，俯低頭讓清涼的自來水沖激著他的頭和臉，水花噴滿了一身一地；這樣，他覺得滿腔的抑鬱和不愉快才能洗滌去一些。

從那部像蒸籠似的公共汽車下來，方澤成悲哀地發現自己又置身在另外一次烤刑中。太陽雖已西斜，但是，大地經過了一整日的燻炙，還在冒著熱氣。柏油幾乎融化了的馬路上，匯集了一股人流，他們似乎對熱毫無感覺，正緩緩地、笑容可掬地流往同一的方向，流進每一個大開著門的人家。

在人流中，方澤成不斷地用手帕揩著汗，心中的煩躁加上暑氣的煎熬，他的胸腔內似有一團火燒。他想到被浪費了的幾個小時，想到必須與一群陌生人同桌吃飯，而且還要裝笑臉作虛偽的周旋，就覺得自己是個犧牲者。他不敢恨爸爸，他從小所受的教養使他懂得必須尊敬父親，那麼恨陳伯伯嗎？不，陳伯伯是無事的，他好意請爸爸，我怎能怪他？誰叫爸爸不巧生病呢？那麼，恨病菌吧！它們為什麼不遲不早來侵襲爸爸？以至要我做「替死鬼」？想到這裡，他繃緊的臉稍稍放鬆了一下。我多蠻不講理！細菌是沒有思想的，我恨它們做什麼？

他不斷地擦著汗，在人流中，他連調整步伐快慢的自由都沒有，前後左右都是人，他幾乎不必舉步，別人自然會把他推送到前面去。

𡃁—狂—狂—𡃁—狂，迎神隊伍來了。那花花綠綠的錦旗，那端坐在神龕中的小小木偶，那踩著高蹺的七爺八爺，對他是多麼的熟悉！小時候，他最喜歡看熱鬧，每次有遊行經過，他一定吵著要出來看。他太小了，被人擋住看不到，爸爸就讓他騎在肩頭上看，不管天氣多熱，太陽多大，都必定讓他看個飽。啊！爸爸是愛我的，我為什麼還要使他生氣？奇怪的是，爸爸為什麼好像對我愈來愈不了解？

迎神隊伍走過來了，人流自自然然就讓開了一條路。比兩個人還高的七爺八爺從他的身邊踱著方步慢慢走過，他情不自禁地伸手摸了摸他們的衣袖。他對他們是久違了，自從上了中學，為了功課的繁忙，他已多年沒有看遊行的閒情。如今，他雜在熱鬧的群眾中，又彷彿是個七八歲的孩子。

不知何時天色已變得黑暗起來，他走到了燈火輝煌、肉香四溢的街道中。家家戶戶大開著門，到處是大人和小孩，有些人家乾脆把酒席擺在門口。他憑著模糊的記憶，一路數著門牌找到了陳伯伯的家。啊！莫非我找錯了地方？竹籬笆為何變了磚牆？原來那扇斑剝的木門又變成了朱紅色？但是，門上釘著的又明明是陳伯伯的名字呀！門是開著的，可以得看見院子裡擺著兩桌，客廳裡也擺著兩桌，都幾乎坐滿了。他站在門外遲疑著不敢進去，卻看見陳伯伯從屋子裡走出來。三四年沒有見面，陳伯伯還是老樣子，只是臉色似乎比以前更紅潤。

他迎上去恭恭敬敬地向陳伯伯一鞠躬，並且叫了他一聲。

「你是誰？」陳伯伯把老花眼鏡往上托了一托。

「我是阿成。」他怕陳伯伯不記得他的名字，又加了一句：「方聲洞的兒子。」

「啊！你就是阿成！長得都比我還高了，我不認得你啦！怎麼？你阿爸呢？」陳伯伯上下打量著他，呵呵呵地笑了起來。

「我爸爸不大舒服，不能來，他叫我向您告罪。」

「真是的！不遲不早就選中今天生病，多掃興！不過，你來了也好，進來坐吧！」陳伯伯一面嘀咕著，一面把他引進院子裡，一看兩桌都滿了，又把他帶進那悶熱得使人快要窒息的屋裡，把他塞進其中一桌，然後就急忙忙的說：「阿成，我不招呼你了，廚房裡還等著我幫忙。」說著，他就閃進裡面去。

一面擦著汗，方澤成一面觀察著跟他同桌的人。不看猶可，一看竟使他尷尬得如坐針氈。一張桌子十二個人，除了他身旁那個有著一張三角臉的青年人以及斜對面一個五六歲小男孩外，其餘九個都是清一色的太太小姐。菜還沒有上來，那些太太小姐們都在吱吱喳喳地談個不停，他呆呆地坐著，連兩隻手都不知道怎樣擺放才好。他想跟那個青年講講話，可是，那個人只顧一枝接一枝的抽著煙，連正眼也沒看他一下，又使他無從開口。

偶然，他的目光接觸到坐在他對面的那個少女，卻發覺她正在偷看他自己。那少女有一張微圓的臉蛋，兩頰透著玫瑰色，一雙眼睛又圓又亮，小巧的嘴巴旁邊還有個小小的酒渦。他發現她在看他，臉一紅，連忙把頭別轉，心裡卻忍不住在想：假使她不是梳著那個高聳的鳥窩頭，倒不失為一個漂亮的女孩子哩！

陳伯伯親自把拼盤送到每一張桌子上。他雖然身為主人，卻是忙得沒有辦法坐下來吃。上完了拼盤，他拿了一杯酒，到每一張桌子上敬過酒，又回廚房去幫忙。當他走到方澤成那一桌時，他問方澤成說：「我聽你阿爸說你現在×大讀書，是不是？」

「是的。」方澤成點了點頭。無意中，他發現坐在對面的少女似乎在對他微笑。小酒渦一閃一閃的。

「卡好！卡好！」陳伯伯對他豎起了大拇指，然後又指著青年人對他說：「阿成，這是我的外甥施金水，他也是×大畢業的，馬上就要到美國去了。你們是校友，多談談吧！」

陳伯伯走開了，方澤成向他的鄰座點頭微笑，施金水卻是面無表情地只舉起酒杯向他晃了晃，便自顧自仰臉把一杯酒倒進嘴裡。方澤成不會喝，只把杯子碰了碰嘴唇就放下。

第二道菜又上來了。少女旁邊一個胖婦人堆了一臉的笑容，露出滿口的金牙，舉杯向施金水說：「金水呀！你為什麼不多飲酒多呷菜，去了美國就沒有得呷啦！」

「只要有錢，在美國還不是照樣有得吃？」施金水淡淡一笑，一仰脖子，又吞了一杯酒。

「這位先生，吃菜吧！」胖婦人又朝方澤成微笑著。

「啊！謝謝您。」方澤成有點不好意思地說。「我的名字叫方澤成，您叫我阿成好了。」

「你是陳先生的——？」胖婦人問。

「我爸爸跟陳伯伯是朋友。」

「啊！真好！真好！伊老父也是陳先生的好朋友。」胖婦人朝著少女呶呶嘴。「這是我的女兒阿梅，」接著又指了指小男孩，「這是我的小兒子。」

少女自動的先向方澤成含笑點點頭，又圓又亮的眼睛裡充滿了溫柔和友善。

「方先生今年幾歲了？」胖婦人又問。

「二十。」方澤成的臉在發燙，因為他發覺整桌的人都把目光集中在他身上。

「你爸爸是幹什麼的？」胖婦人像在調查戶口。

「我爸爸是個公務員。」

「你有幾個兄弟姊妹？」

「我下面還有兩個弟弟一個妹妹。」

「啊！真福氣！你以後到我們家來玩吧！阿梅，等一下你把我們的地址寫給方先生。」

胖婦人這樣集中火力向他一個人掃射，使他成為全桌矚目的主角，他難堪得恨不得鑽到桌子底下。阿梅不住地用一雙秋波流盼的妙目瞟著他，也使他尷尬得面紅耳赤。

雖然陳家的烹飪技術並不怎樣高明，一道道菜不是白煮就是油炸——白切鷄、白切肉、炸肉丸、炸蝦餅，使他胃裡發膩；可是，其他的人卻顯然吃得非常起勁。使他吃驚的是，瘦小的施金水居然是個千杯不醉的酒仙，他不講話，也不向人敬酒，只是自顧自一杯一杯地灌。現在，他的三角臉已紅得像烤熟了的龍蝦，眼球上佈滿了血絲，嘴裡也噴出酸臭的酒氣。

當方澤成正舀著一勺鷄湯往嘴裡送時，一直不理睬他的施金水忽然伸手在他肩上重重一拍，嚇得他幾乎把湯灑了一身。

「老弟，剛我才舅舅說你也是×大的學生，你認識施金土嗎？他是我弟弟。」施金水歪斜著腦袋，老氣橫秋地說。

「施金土？我不認識。他是哪一系的？」方澤成把身體扭動了一下，想把施金水擱在他肩上火熱的手摔開。

「我跟他都是物理系，我妹妹今年也要考化學系，我們一家全唸甲組。你呢？」施金水得意洋洋地說，他的手仍然重重地握著他的肩膀。

「我——」方澤成下意識地瞥了其他的人一眼，除了那個小男孩正在全神貫注在啃雞腿以外，全桌的人都在瞪視著他，等候他的答覆。尤其是胖婦人和阿梅，兩雙眼睛都睜得圓溜溜的。

「我是中文系的。」他費了很大的勁才說出了口，聲音很輕很弱；但是，也許是由於心理作用，也許是因為其他的人都靜下來聽他講，所以，他還是覺得它很響，響得他心驚肉跳。

施金水的手一下子鬆了下來。胖婦人重重地吁了一口氣，輕蔑地撇著嘴；阿梅美麗的眼睛也立刻變得黯淡起來。

「哦！原來是唸中文系的，怪不得我一看你就覺得你特別斯文，斯文得像個女孩子一樣。」施金水大聲笑了起來，一手抓起酒杯，在方澤成的面前晃了晃，又說：「來，乾杯！我們未來的文學家！」說著，也不等方澤成回答，逕自又仰臉把酒一口喝光了。

憤懣、難堪、悲哀與被侮辱的感覺充滿在方澤成的胸臆中，他的手在桌布下面緊緊地握著拳，有著想給施金水一頓好揍的衝動。然而，他並沒有這樣做，只是很突然地拿起那杯還不曾碰過的酒，骨碌骨碌地吞了下去。他，要用這辛辣的液體來澆熄胸中熊熊的怒火。

胖婦人側著頭在跟阿梅噥噥唧唧地說著話，阿梅那雙又圓又亮的眼睛還一直盯著他；他看得出，那裡面有著失望與憐憫。

沒有跟任何人招呼一句，他就離席而去。本來，他想連陳伯伯那裡都不去告辭的（假使爸爸知道了，就讓他罵我不懂禮貌吧！反正我是個沒出息的人）；但是，他一站起來，就被剛剛坐上了另一席的陳伯伯看見了。

「阿成，你這麼快就要走了？還有菜啊！」陳伯伯大聲的叫著他。

他只得走到陳伯伯身邊。「陳伯伯，我爸爸不舒服，我還是早點回去的好，謝謝您了。」

陳伯伯一面點頭一面對鄰座一個中年人說：「你看，這就是方聲洞的兒子，長得多好！還是×大的學生哩！」

「哦！」中年人拖長著聲音，用一雙充血的眼睛上下打量著方澤成。「×大的！你唸哪一系？」

又來了！人們為什麼這麼喜歡打聽別人的科系？為什麼？為什麼？

「中文系。」他用最急促的聲音說完了這三個字，又對陳伯伯說了聲「再見」，然後就像逃避什麼似的，衝出了那間充滿了酒肉香和煙味的悶熱的屋子。

街上，依然燈火輝煌。夜風微微吹送著，驅散了白晝的炎熱。敞開著門的人家還在開著流水席，但路上已有不少酒氣薰天、腳步踉蹌的醉客；黃梅調、歌仔戲、電影歌曲、熱門音樂，都不成調的從這些人的嘴裡吐出來。

方澤成走得很快，但是那些不成調的歌聲仍然追逐著他。施金水的三角臉、胖婦人鑲滿金牙的血盆大口、阿梅又圓又亮的眼睛，也在追逐著他。「你唸的是什麼系？」「你唸的是什麼系？」這句話像嗡嗡的蚊陣一響，也在他耳邊追逐著，揮之不去。

他拚命地逃，逃得滿身大汗，然後又喘著氣停下來。燈火輝煌的鬧街、流水席、醉漢的歌聲都被他丟得遠遠了；然而，施金水瘦削的三角臉、胖婦人金光閃閃的牙齒、阿梅那雙秋波欲流的大眼睛，還有「你唸的是什麼系」這句話，卻像他的影子一樣，緊緊地跟隨著他。

唧唧復唧唧

「唧唧復唧唧，木蘭當戶織。」不知道為什麼，近來，每當碧茵坐在窗前使用著那部古老的手搖縫紉機時，她就會想到了這兩句詩。可不是嗎？我和木蘭的情形何其相似！她每天當戶織布，我每天當窗縫衣。所不同的是：木蘭在嘆息，而我在微笑；她是個壯健的少女，而我是個殘廢的女孩。

想起來真是可怕！媽媽這部手搖縫紉機彷彿是為我準備的，假使那是一部腳踏的，我現在怎能使用呢？沒有縫紉機，這漫長的、無聊的日子又怎樣渡過？

碧茵用手撫摸著縫衣機的車身，就像在撫摸一隻心愛的小貓小狗。其實，這部縫衣機已一點也不漂亮一點也不可愛了，它的黑漆已經有部份剝落，飛輪已有點生鏽。它是媽媽當年陪嫁的嫁妝，還是「勝家」出品哩！媽媽說過，它的年齡比碧茵還要大上一歲，十九年來，它一直像一個忠心的僕人似的為他們全家服務，到如今還一點也沒有退休的意思。「你真是我們的好朋友！」碧茵微笑著，撫摸著它，還輕輕吻了它一下。

機聲軋軋，她搖著搖著。窗前的日影在玻璃上投射出一幅又一幅的剪紙畫；扶疏的枝葉、圖案似的雕欄……儘管窗外的景色不會變，剪紙畫卻隨著日影而千變萬化。這些天然的剪紙畫真是一種超凡的藝術品，她在想；這些藝術品是平常的人和健康的人所欣賞不到的，我能夠有機會去欣賞，這毋寧是我的福份？

這真是我的福份嗎？還是我的不幸？想想看，那只不過是半年多以前的事，那些流淚的日子，彷彿已經過了半個世紀那麼長。那次車禍，失去了我兩條腿，也失去了我的學業。那個時候，我真以為走到了世界的盡頭，想不到，這部縫衣機又給予我這麼多的生之樂趣。

一件衣服完成了，她把它用雙手捧起來細細欣賞。那是一件小女孩的夏衣。淡藍的薄紗，就像夏日的晴空，領口和袖口都滾著細細的白紗花邊，這些花邊就像天上的白雲。在胸口的地方，她還綉了幾朵小小的白雛菊，襯著藍色的葉子，稀稀落落地散在胸前。好一件美麗雅緻的童裝，誰家小妹妹穿上了，一定會可愛得像個小公主。她最恨街上商店出售的那些花花綠綠的童裝，不是大紅就是大綠，一件衣服總要配上三四種顏色，而且配得那麼俗那麼土，使得每一個穿上身的小孩子都變成了鄉巴佬，失去原有的天真。那些製造童裝的人為什麼不懂，過多的色彩會埋沒了孩子的美？

我現在也可以算得上是一個童裝的設計者了吧？碧茵把那件小小的淡藍色紗衣放下來，偏著頭在冥想。當第一件她親手做出來的童裝賣了出去，當媽媽第一次從那家寄賣的商店拿到了錢，那個時候的喜悅有多麼深！她哭了！媽也哭了！不是為了那一點點錢，而是為了她可以有一個新的寄托，可以填補她失學的空虛。

事情到底是怎樣發生的？她現在想起來，似乎已經很模糊，也很遙遠；然而，當她低頭看到自己坐著的那張輪椅，以及空空蕩蕩的裙子下面，她馬上又意識到這個現實——她已經是一個沒有腿的殘廢女孩。

就是那麼一回事！簡單得不能再簡單，全部的過程只不過半分鐘，而這半分鐘就決定了她悲慘的命運。

那個早上，她揹著個大書包上學去，她出門得遲了一點，時間已非常迫促。當她剛走出巷口時，一眼看見對面的公共汽車站正停著一部車子，看樣子馬上就要開走，假使她趕不上，就要再等十分鐘乃至十五分鐘。於是，她不顧一切的衝過馬路去。說時遲，那時快，正當她走到馬路當中時，不知從什麼地方冒出一輛計程車，風馳電掣的衝向她，她根本來不及閃避，立刻就被撞倒，也立刻失去了知覺。

一切都是命定的！那天我為什麼不早點出門？為什麼偏偏有一部公共汽車在那裡等著？為什的麼偏偏又遇上了那部計程車？大都市的車禍雖然多，但是那個或然率並不太大，為什麼「命中」的剛好是我？

碧茵搖搖頭，慘笑一下，把輪椅轉了個方向，駛向床前。她已完成了一件童裝，現在又開始剪裁另外一件。她不像一般批發廠商整批整批地剪裁，粗製濫造。她把縫製童裝當為一種消遣，一種藝術。自從上了初中，她對服裝設計就很有興趣，常常學著畫些服裝樣子投寄到報上的家庭版去，偶然也被採用過一兩次。漸漸的，她把興趣轉移到縫紉上面。她跟媽媽要些碎布，東拼西湊中給她那還在上幼稚園的小妹妹縫些小裙子小背心之類，做出來倒也不難看。只是，隨著功課的漸漸增加，這兩三年來，此調不彈久矣！

現在！她在替她的二妹縫製一條短運動褲。她心中陡然一震：運動？穿短褲？我這一輩子再也享受不到了啊！一個沒有腿的人，連站和走路的本能都剝奪了，還奢想什麼？真的，一個正在求學時期的青春少女，忽然失去了雙腿，人世間還有比這更悽慘的事喔？

醫生宣佈：她的腿骨完全折斷了，沒有辦法接回去，趁早割掉，可以使她少受一點苦。那，無異是向她宣佈了死刑。她哭了，媽媽哭了，妹妹哭了，爸爸也落下眼淚。手術以後，同學們來看她，沒有一個人不哭。五十幾歲的導師也掏出手帕來揩眼淚。

每一個人都恨死了那個計程司機。雖然他在肇事後並沒有逃走而且還把碧茵立刻送到醫院去；但是他們每個人仍然是恨死了那個魯莽的司機，誰叫他使得我們的小碧茵殘廢的？事後，警察局傳他去應訊，他說是因為昨天晚上做生意到深夜兩點鐘，睡眠不足，精神恍惚，所以不小心……，而當時那個女學生又是那麼不顧命地衝過馬路。

活該！活該！誰叫他貪賺錢？自己沒有精神開車。難道走路的人就該倒霉？不行，非把他告到法院去，讓他嚐嚐鐵窗風味不可！再說，我們已經觸盡霉頭了，難道他不應該吃點苦？媽媽是主張最激烈的一個，爸爸比較緩和。她自己倒無所謂，因為她太衰弱了，衰弱得沒有心情去發怒去憎恨。

警察局認為雙方都有不對，要司機賠償醫藥費了事。媽媽堅持不答應，她已準備好第二天要告到法院去。但是……

那些日子，自從失去了她的一雙腿以後，碧茵幾乎整天都在昏昏入睡。不過，她睡又睡得不麼安穩，總是亂夢頻仍，使得她的精神永遠困倦。那天，她夢到自己忽然又長出兩條腿來，她高興得不得了，馬上就手舞足蹈，載歌載舞起來。她從一片青綠的草原上舞到一座白雪皚皚的高山上，然後又從高山舞到海邊。當她正赤著腳在潔白的沙灘上奔馳著時，忽然，一陣海潮衝過來，把她捲入大海裡，她的一雙腿又斷了……

她驚叫著醒過來，剛睜開眼睛，她看到一個陌生人正坐在病房裡跟她的爸爸媽媽在講話。也許她的叫聲並不大，也許他們都在專心談話，所以沒有人發覺她已醒來。那個陌生人是個瘦小的中年男人，臉色又黃又青的雙眉緊皺，似乎滿懷心事的樣子。這個人是誰？我為什麼沒有見過他？他跑到我的病房裡做什麼？碧茵睜著大大的眼睛，在枕上默默地注視著那個陌生男人。

「太太，請您可憐可憐我，我家裡有七個孩子哩！」那個人低著頭，苦苦地哀求著。

奇怪！難道這是個要飯？怎會跑到這裡來呢？而且他穿得也不像個乞丐呀！碧茵覺得很納悶。

「笑話！你有七個小孩，難道我們就沒有小孩？」媽媽冷笑了一聲。

「太太，您知道，我不是故意的。那天，因為我最小的孩子生病了，整夜哭吵不停。我開車到兩點多才回家，幾乎整夜睡不著，第二天一早又再出門去兜生意，所以才不小心——」那個人頓了一頓又說：「太太，請您可憐可憐我，假使我關到監獄裡去，我的女人和七個小孩就都要餓死了。太太，我答應您，我把車子賣掉也要把醫藥費賠出來的，請您相信我。」

哦！原來是這麼一回事！這個瘦小謙卑的中年人，就是使我失去了雙腿的罪魁，他也並不是個三頭六臂的怪物呀！不知怎的，碧茵猝然面對她的「仇人」，心中的憤恨卻消失了；她彷彿置身事外似的，在冷眼旁觀著：且看媽媽怎樣回答他。

「不！說什麼我也不答應你！我女兒的兩條腿是可以用錢買回來的嗎？你毀了她的前程，卻想逍遙法外，世界上沒有這麼便宜的事！你走吧！少在這裡囉嗦！」媽媽惡狠狠地一口拒絕了他。

「太太！我求求您！我給您叩頭好不好？」計程車司機流著淚，站了起來，就想跪下去。一直沉默著的爸爸，也立刻站起來把那個人扶住。當爸爸正想說些什麼時，躺在病床上的碧茵卻嬌弱地開了口：「媽！」

「啊！碧茵，妳醒了，是不是我們把妳吵醒的？妳要什麼，告訴媽吧！」媽媽一聽到女兒的聲音，立刻奔到床邊，臉上帶著親切的微笑，用極其溫柔的語調問。跟剛才惡狠狠的她，簡直判若兩人。

「媽，您答應那位先生吧！」碧茵用很小的聲音，一個字一個字的說。

「碧茵，妳說什麼？」媽媽的臉忽地變得很蒼白。

「媽，我說不要告那位司機先生了，我們一家受苦還不夠，何必還要拖累另外一家呢？他們一家好可憐喲！」碧茵的聲音雖然小，可是說得很清楚有力。他們家裡養有一籠十姊妹，她看見過窩裡的小鳥們嗷嗷待哺的情景。

「孩子，妳瘋了？」媽媽的聲音在發抖，雙手也在發抖。

「不，媽，我很清醒。假如您愛我，就請您照我的話去做。」碧茵很平靜的說。

媽媽又急又氣，一句話也說不出。爸爸卻過來把手搭在她的肩上說：「秀芝，難得孩子這樣懂事，妳應該尊重她的意見的。既往不咎，肯替別人設想，這就是我們中國人的忠恕之道。把他關到監獄裡，對我們並沒有什麼好處，你說是不是？」

媽媽仍然不說話。爸爸轉過身去，對那個司機揮揮手說：「你先回去吧！」

司機走上前一步，撲通一聲就跪在碧茵的床前叩頭：「小姐，妳真是太偉大！太偉大了！謝謝妳！謝謝妳！神會保佑你的。」

爸爸慌忙不迭地要扶他起來，他卻又向著爸爸媽媽叩了兩個頭：「先生，太太，我也謝謝你們。」說著，他站了起來：「我回去了，醫藥費我一定會設法的。」

說著，那個矮小的人就蹣跚著走了出去。

以後，那個矮小的人——吳司機就經常來看她。結果，醫藥費他並沒有賠出來，因為碧茵不答應他把車子賣掉。「沒有車子，叫他怎樣謀生呢？」這是她所堅持的理由。

以後，吳司機依然常常來，每次，他不是把一百、兩百這些小數目交給媽媽，就是把蘋果、橘子、雞蛋、奶粉，這一類的補品送給碧茵。碧茵不肯收，爸爸反而勸她收下，說那樣可以讓吳司機安心一點。

真是個老好人！碧茵自己微微一笑。昨天他還送來一鍋子清燉雞，她想到他那七個小孩一定很少吃到雞，就叫他帶回去，他卻怎樣也不肯。後來，碧茵叫她的二妹出去買了一盒蛋糕送去。二妹回來說，他們一家九口住在一間只有四疊半的小房間裡，屋裡又黑又悶熱，還發出陣陣的嬰兒尿味，吳司機的老婆瘦得就像一根乾柴。

「他們一家好可憐喲！」這是二妹對他們的結論。但是，媽媽對吳司機始終不諒解，這可能因為他結果並沒有賠出醫藥費的關係吧！媽媽是不是把錢看得太重了一點呢？比起吳司機，我們的經濟能力顯然是比較能夠負擔的。爸爸有兩份工作，親友和同學們也幫助了一筆相當的數目。啊！何況我現在又已經能夠賺錢？

碧茵把妹妹那條運動短褲裁好，就開始軋軋地車縫起來。現在的她，對這部手搖機已使用得很靈活，不消半個鐘頭，就把運動褲完成。

她停下來休息著。窗外的日影漸漸西移；玻璃窗上的剪紙畫也不斷的在變動。她凝視著那只有黑白兩色而美妙悅目的剪紙畫，又想起了她剛從醫院回來的日子。

整天躺在房間裡，坐在輪椅上，除了讀報、看書、聽唱片、聽廣播，就沒有別的事可做。同學們不能整天陪她，媽媽跟她也沒有那麼多的話可講。怎樣熬過那漫長的歲月呢？她真是寂寞得想死。

不知是誰送她兩本外國的服裝雜誌。她沒事時就翻著翻著，然後，她又想到，我為什麼不學著做做看呢？她問媽媽：「媽，您的縫衣機借給我用好嗎？」

「好呀！只是，妳不怕累嗎？」媽媽愛憐地望著她蒼白的小臉。

「媽，我不怕累，我只怕太無聊。」她的眼裡盈盈欲淚。

從此，那部古老卻還精緻的手搖縫衣機就從媽媽的房間搬到碧茵的書桌上。唧唧復唧唧，碧茵當窗車縫衣。她起初是學著做洋娃娃的衣服、小弟妹的小衣服、媽媽的圍裙這類小件而簡易的；漸漸的她包辦了全家的補衣工作，而且把興趣集中在縫製童裝上。

有一次，鄰居的王媽媽來看碧茵，當她發現了碧茵所縫製的精緻童裝時，先是大呼小叫的讚不絕口，然後就說：「碧茵！妳會做出這樣可愛的童裝，可以賺錢了呀！」

「賺錢？賣給誰？」碧茵有點愕然。

「我認識一家專賣童裝的商店，我去替你問問好嗎？」

「好的，王媽媽，謝謝您。」碧茵微笑著說。

「可是，碧茵，妳不怕辛苦嗎？」媽媽又在替女兒擔心了。

「媽，不會辛苦的，那是我的興趣。」

到現在為止，那家商店已為碧茵賣出了十幾件童裝，媽媽替碧茵把那筆錢存在郵局裡，開了一個小小的戶頭。母女倆計劃著，等存到了足夠的錢，就要去裝一副義肢；然後，她們還要繼續儲蓄下去，因為，說不定碧茵還要升學的。假使不升學的話她們也許自己要開一間童裝店。

一個只差半個學期就高中畢業的少女，不幸在一次車禍中失去了雙腿，這可以說是人間的大不幸了吧？怪不得，碧茵的同學們來看她，有幾個感情比較脆弱的，每次都要哭出來，反而是碧茵向她們勸解。

同學們都說碧茵是聖人，是最勇敢的女孩子。是嗎？我是嗎？碧茵自己也在懷疑。其實，她也不懂什麼是忠恕，她只是有同情心和面對環境的勇氣而已。

把妹妹的運動褲放在一旁，她又拿起一本服裝雜誌在研究。今天早上，王媽媽來告訴她，有一個幼稚園的教師要向她訂製十套小女孩的跳舞衣，一個月後交件，也得開始動手了。啊！

縫製小女孩的跳舞衣，那真是我最有興趣的工作！我要用白雲的輕盈，蟬翼的單薄、蝴蝶翅膀上的彩斑和花朵的美麗來製成，我要使那十個小女孩穿起來都像個小仙子。

失去了雙腿、中斷了學業，誠然很不幸；但是，怨天尤人又有何用？把那個無心的「劊子手」也整垮了，於事實又有什麼補償？現在，我在縫製童裝中得到了樂趣，找到了希望，我的命運似乎並不如一般人所想像的那麼悲慘呀！

日影升東了又西移，玻璃窗上的剪紙畫變化無窮。唧唧復唧唧，窗前的手搖縫衣機不停的轉動著，縫製出一襲又一襲可愛的童裝，也編織著一個不幸殘廢的少女的理想與希望。

迴夢記

一

我到了一個很奇怪的地方。

我彷彿飄飄在雲端，也彷彿沈淪在淵底，身子飄飄渺渺的，腳下踏不著實地。在我的周遭——我也弄不清楚那到底是牆壁還是天空——，有著各種美麗的色彩：鮮紅、金黃、淡紫、翠綠、天藍、銀灰……。啊！太美麗了，我覺得我好像置身在一幅抽象派的名畫裡。

美麗的色彩也在蠕動著，像黃昏的落霞般瞬息萬變。現在，它們不再是一塊塊不規則的顏色了，它們是朵朵寶石鑲成的花朵，鮮紅的瑪瑙是花瓣，花蕊是閃亮的黃金做成，晶瑩的翡翠自然是葉子了。還有哪！淡紫的，天藍的、銀灰的……，也都是無數小花。我雖無意擷取這些名貴的花朵，但是，摸一摸它們，嗅一嗅它們，該是人之常情吧？我挪動身子想靠近那些花，然而，卻是不由自主，無法舉步，我掙扎著，極力抵抗那使我飄浮著的大氣，也不知過了多少時刻，和費了多少勁，終於，我的手可以觸及那些花朵了。我用指尖輕輕撫摸著一朵藍寶石小花，立刻一種冰涼的快感從指尖透進全身。我閉著眼睛，幻想它是一朵真花，然後又再張開眼來。天啊！這哪裡是一朵花？是一條小蟲！不，不是蟲，牠變成一條可怕的毒蛇了。

我尖叫了一聲，拔腳想逃，但我哪裡逃得動？我原是腳踏不著實地，懸在半空中的呀！天啊！所有的花朵都不見了，它們都變成了奇形怪狀的野獸，一直向我追來。我狂喊著衍棻的名字，然後，從半空中（也許是在深淵裡）直往下栽……

我做了一場惡夢。

此刻，我夢醒了，全身被冷汗濕透，心頭猶迄自卜卜在跳。我的叫喊並沒有驚醒衍棻，他正像個嬰兒般俯睡在我身邊，睡得很甜。一綹頭髮垂在他飽滿的前額上，使他看來非常的年青。兩道濃眉微微蹙著，薄薄的嘴唇略略有點張開，他的樣子雖則似乎不十分開心，但看來卻特別可愛。我很想去吻一吻他的額角，但我不敢，我不要吵醒他，今天是我們婚假的最後一天，明天他就得上班去了，就讓他多睡一會兒吧！

我輕輕爬起身來，走到窗前，拉開半邊窗簾呼吸著窗外的早晨清氣。啊！又是一個美好的日子！金色的陽光灑滿了花園，草木葱蘢，晨鳥歡唱，世界是多麼可愛呵！我的心境也正和這天空一樣開朗，我向窗外舉起雙臂，我要向全世界宣佈，我嫁了一個最英俊的丈夫！

我倚窗含笑，向枝頭的小鳥無聲的說了一會痴話，然後，我想起我應該梳洗打扮了，我不能讓衍棻看見我這副蓬頭垢面的模樣。

我們的臥房附著浴室。我不是個貪圖物質享受的人，不過，這連著浴室的臥房，卻是我一直夢寐求之的，因為我認為洗澡也是一樁人生樂事。

放了大半缸熱水，我一邊洗著一邊低低的哼著歌；快樂的泉水浸潤著我的身心，我已把剛才那個惡夢忘得一乾二淨。

從浴室出來，衍棻還沒有醒；他已轉了一個身，正鼾聲如雷。我對自己笑了笑，走向梳妝桌，拿起髮刷，準備刷頭髮。就在我的目光接觸到鏡中的自己時，我的心頭頓然蒙上一層陰影，快樂之情消失了一大半。衍棻是世界上最英俊的丈夫，但是，我是世界上最美麗的妻子嗎？我拿著髮刷的手停在半空中，呆呆地凝視著鏡中的影子。那是一張極其平庸的臉，稀疏的眉毛、呆滯的眼睛、扁扁的鼻子、沒有形狀的嘴唇，這就是我！這張臉配得起衍棻俊俏的臉嗎？衍棻為何會對我一見傾心？

當然，我也並非一無可取。第一我年輕，我才只二十四歲，正在青春時期的峯巔。第二我的皮膚非常白皙，我常以不必抹粉而自傲於女伴之前。第三，是什麼呢？我自己也說不出來；那還是衍棻說的，他說我有一股清新的氣息，不流凡俗。好吧！就算我不流凡俗吧！衍棻可能就看中了我這一點，我為什麼要自卑呢？「情人眼裡出西施」，說不定衍棻覺得我很美哩！

我寬心一笑，露出了一口整齊潔白的牙齒。對哪！我還有一樣長處哩！我的眼睛也明亮起來了，此刻鏡中的我似乎也有點美了。我的頭髮是短短的，刷兩三下便已完事，再塗上淡淡的口紅，我的化妝工作就已完成。換上一件月白色的旗袍，衍棻還在沉沉熟睡。我想我得下樓去了，頭一天回家，就睡得這麼晚，見了婆婆多難為情啊！

懷著忐忑的心情，像做小偷般躡足走下樓梯，想不到，婆婆已端坐在早餐桌上，她一雙嚴峻的目光從眼鏡片後注視著我，我不期而然的紅著臉低下了頭。

「媽，您早！」我小聲的說。像小學生般垂手站在桌旁。

「早？九點多了，還早？衍棻呢？」

「他還在睡。是因為昨天坐了一整天火車的關係，人太累了，所以今天醒不過來。」我在替衍棻辯護著。

「這孩子，一結了婚就不聽話了。二十八年來，我把他訓練得早睡早起，如今一下子就變了，真是！」婆婆在嘮叨著，然後，又對我說：「去，把他叫醒，說他老娘在等他吃早餐。」

婆婆吩咐我上樓，使我有如獲大赦之感。我忘了回答她，就飛奔著回房間去。

衍棻在床上轉動著，大概也快要醒了。我坐在床邊，俯身把嘴巴貼在他的耳邊輕輕說：

「快起來，媽在找你哩！」

他睜開眼，問我：「媽起來了？」

「嗯！」我點點頭。

「現在幾點鐘了？」

「九點三十五分。」

「該死！你為什麼不叫我？」他抱怨著，猛然跳了起來。

「看你睡得好好的，我不忍心叫你。」我雖然被他的舉動嚇了一跳，但還是坐在床沿，慢條斯理地說。

「以後不要讓我睡過七點半，知道嗎？一向，媽和我都是在八點吃早餐的，遲了她老人家會不高興。」他匆忙的穿著衣服，好像是要去趕火車似的，說話時並沒有看我一眼。

「好吧！」我滿不在乎地回答他，心裡有點彆扭。快三十歲的人了，還怕母親怕成這個樣子，我看不慣。

「你現在快下樓去陪媽，說我十分鐘後就來。」衍棻看我坐著不動，又揮手叫我下去。

帶著一肚子的不快，我默默地走下樓去。婆婆戴著老花眼鏡，還在那裡讀報。看見我來，抬起頭用詢問的眼色盯著我。

「他馬上就下來。」我說。

「快十點了，還沒有吃早餐，真不像話！」婆婆又在嘟嚷著。

「媽，以後您就別等我們吧！您先吃，省得點心涼了。」我站在桌旁，恭恭敬敬地說，自以為這句話很得禮。

「先吃？我有兒子，為什麼要孤零零地一個人吃？你打算要他天天都晚起，破壞我的家規是不是？」婆婆的臉本來就不怎麼慈祥，兩道顴骨高高的，鼻子尖尖的，嘴唇薄薄的，再加上一副眼鏡，更增加了她的威嚴；此刻，她臉孔一板，我簡直嚇得渾身發抖。

「媽，我不是這個意思，您別誤會。」我的眼淚都快要滾下來了。

婆婆還要說什麼，卻因為聽見了衍棻在樓梯上喊她的聲音而立刻改變了面色。

衍棻像個孩子般從樓梯上衝下來，一陣風的走到他母親身邊，就俯身下來在他母親頰上親了一下，笑著說：「媽，您今天真漂亮！」說著，就在旁邊的一張椅子上坐了下來，彷彿忘記了我的存在。

我知道他母子都是留學生，起居生活都是十分洋派的；但是，我還沒有看見過一對中國人的母子像他們如此親熱。他為什麼不稱讚我漂亮呢？

我幾乎無法抑制我的淚水，我轉過身去，假裝欣賞牆上那幅塞尚的「蘋果」，用手帕輕輕地擦了擦眼睛。

「雪鴻，快來坐下，你難道肚子還不餓嗎？」是婆婆的聲音。天！她的聲調變得多麼溫柔呀！

我默默地走到衍棻對面的位子上坐下。佣人錢媽已把三份牛奶和三文治放在我們面前。一邊吃著，他們母子倆談得非常起勁，談話裡起碼夾著一半的英語，可能還有法語。我的英文程度不好，他們說得又快，我簡直聽不出他們在談些什麼。管它呢？他們是相依為命的母子，隨便他們去談吧！只是我枯坐一旁多麼無聊啊！

好不容易，婆婆吃完她的早點了。她吃得真秀氣，吃相真優雅，像個高貴的王后，但也真是太慢！現在快十一點了，一個上午就快要報銷。

他們離開飯廳，走進起居室，我不好意思上樓去，只好跟在後面。趁著婆婆上樓到她房間裡要拿東西，我悄悄問衍棻說：「今天我們去哪裡玩？你明天就不能玩了啊！」

「今天我們不出去，在家裡陪媽好不好？」

「好吧！」我還能說什麼呢？的確，我們已在中南部玩了半個月，今天是最後一天的假期，不應該在家陪陪老母嗎？這是他的孝思，我怎能反對？我不能被人說是一個不孝的媳婦啊！

婆婆拿下來一本燙金的精美洋裝書，交給衍棻。又對我說：「衍棻讀詩的聲調很悅耳，很悠揚，你聽聽看。」

衍棻拿著書站在起居室的中央問他母親說：「媽，您要聽哪幾首？」

婆婆用英語跟他說了，於是，衍棻便開始念了起來。天！我一個字也聽不懂，也不知道他這樣念是否就悠揚悅耳；我只是，在默默地欣賞他俊逸的儀表。他讀書的姿態多高貴多瀟灑啊！他不像別人低著頭讀，而是把書舉得高高地，昂著頭讀的。因為是在家裡，他上身只穿一件白襯衫和一件淡黃色的毛線背心，下面是一條淡咖啡色的長褲；他的體格是屬於瘦長型的，這樣打扮起來，年輕得像個大學生啊！面前這個神采飄逸，如玉樹臨風的男人竟然會是我的丈夫嗎？我不是在夢中吧？

「雪鴻，他念得很好是不是？你喜歡這幾首詩嗎？」又是婆婆的聲音，經她這麼一叫我才如夢初覺。

「嗯！」我尷尬地對她笑了一笑，不知說什麼好。

「你也來念幾首好不好？」婆婆又說。

「啊！我不會，我沒有讀過英文詩。」我慌張地說，望著衍棻求援。

衍棻用英語對他母親說了兩句話，婆婆於是不再逼我，只是默默的看了我一眼，我覺得她的眼光裡有著輕蔑的成份。隨它去吧！誰叫自己的英文程度這麼差呢？

二

我為什麼會嫁給衍棻，到如今還一直有著做夢的感覺。我也曾為自己未來的丈夫擬定了一個理想，他應該是個地地道道的讀書人，愛家庭愛妻子，相貌斯斯文文的，秉性忠厚良善，這就夠了。我很有自知之明，一個面貌平凡的小學女教師，她的丈夫不可能是個英俊的王子；可是，我竟遇到了一個英俊的王子，天下事誰能預料？

那不過是兩個多月前的事罷了！那天我班上的一個小朋友小菁過十歲的生日，大概是因為她家的錢太多吧？小孩子生日竟也大事鋪張，發起帖子來。我收到帖子本來想送件禮物給學生就算了，但我這個學生小菁卻不放過，一定要我去。她說，假如老師不去，她這個生日宴會就不夠圓滿。多乖巧的小菁啊！我怎能不去？然而，在那豪華的宴會中，我這卑微的小學教師卻被珠光寶氣，西裝畢挺的淑女紳士們所湮沒了。我呆坐在一個角落裡，沒有人注意我；我的學生雖然幾次要來招呼我，但都被那些高貴的阿姨叔叔們叫走了。

直到宴會進行到一半，小菁由她媽媽陪著來向我敬酒，並且向賓客們宣佈我是個好老師時，同桌的人們才稍稍的用淡然的目光看我一下，意思好像說：啊！原來這個面貌平庸，衣著寒酸的女子就是小菁的老師，她太不出色了。

「王小姐，我敬你一杯！」忽然，坐在我旁邊的一位男客轉身過來，舉著杯子對我說。

「謝謝你！」這是我在這次酒席上第一次受到小菁和他媽媽以外的人敬酒，不由得有點受寵若驚。

我從酒杯的邊緣上偷偷打量了對方一眼，立刻就被他俊逸的外形吸引住了。除了在電影中和圖書裡，我還沒看見過這樣好看的男人。他的眼睛多麼黑，多麼亮啊！睫毛長而捲曲，這使他看來有點像西方人。鼻子、嘴唇、耳朵和臉型也都安排得恰到好處，挑不出一點瑕疵。而他的服裝又是那麼講究，態度那麼文雅，我敢打賭，假如要選拔「中國先生」的話，一定非此君莫屬！

他發現我在看他，也向我報以溫和的一笑並且挾了一片烤鴨的脆皮放在我的碗裡。他一笑，露出了一口森然發白的牙齒，更增加了他的男性美。我低頭腼覥地說了聲：「謝謝」，心頭竟自狂跳不停。

宴會過後，主人宣佈還有餘興。他立起身來（啊！好高！）微笑對我說：「王小姐，我們到那邊去坐。」說著就伸手過來輕輕扶著我的手肘。

我像中了催眠術似跟著他走，到了客廳中，他選了兩個位子，叫我坐在他旁邊。其他的賓客也都或坐或站的塞滿了客廳的所有空間，雖然這間豪華的客廳已相當大的了。

小菁和其他的幾個小朋友表演了一些唱歌、舞蹈和鋼琴獨奏等節目後，小菁的父母吩咐佣人抬出了一個大簍子，裡面裝滿了玩具和食物之類。然後，他們叫小菁拿著一個裝滿紙片的盤子，叫我們每人抽一個，說這是摸彩。

獎品一個個的開出了，賓客們都笑著，叫著。有摩登太太摸著了大皮球，有體面的紳士摸到了一根棒棒糖，也有掉了牙的老婆婆摸到了一包炒花生的；獎品似乎故意與賓客作對，摸來的都不合用，惹得大家笑得前仰後合。

我和他的獎品先後揭曉了，我的是兩枚橘子，於是，我分了一個給他。他的是一個紙包，輕輕的，軟軟的，也不知道是什麼東西。他把它拆開，裡面又是一層紙，連續拆了七八層，才發現最裡層有一條繡花的女用手帕。

「這送給你，我是用不著的。」他毫不猶豫的把手帕放在我的膝蓋上。

「不，你帶回去給你太太吧！」我慌忙的塞還給他。

「我沒有太太。」他又推了過來。

「那麼給女朋友。」我照樣塞過去。

「也沒有女朋友。」他把它塞到我的外套的口袋中。

「姊姊妹妹呢？」我再度把手帕還給他。

「都沒有。好了，一條小手帕算得什麼？這樣推來推去不難為情麼？」他搶過手帕，一把塞進我的口袋，說話的神氣彷彿是多年老友，但我連他姓什麼都不知道。

餘興完畢，賓客都帶著滿意的笑容離去。他和我一齊走到門口，向主人致謝和告辭。小菁的媽媽看見了他，就嚷了起來：「呀！我們的美男子，今天晚上我一直找不到你，原來躲著和王老師在一起！」

這句話使我有點難堪。他卻並不示弱的回了一句：「大嫂，你的眼力未免太差了吧！竟連我這六尺之軀的顯著目標也找不到！」

在哈哈的笑聲中我們離開了門口，走向院門。我向他說再見，他卻說：「我送你回去。」我一面推辭，一面卻不由自主的跟著他走出巷口。他截住了一輛計程車，招呼我上去，我竟也乖乖的聽了他的話。他問了我的地址，吩咐了司機，就安靜地坐著，不再說話，只是不時用溫存的眼色注視著我，看得我渾身發抖。我以前不相信「一見鍾情」這句話，但是，如今我竟發現自己愛上了這個陌生人。

車子開到我住處的門口，他並沒有立刻打開車門讓我下去，卻先從口袋中掏出一張名片交給我，一面凝視著我問：「你准許我以後來拜訪嗎？」

「歡迎你來。」我不假思索的就回答。多可恥啊！這樣隨隨便便的答應一個陌生男人來訪，但事實上，我的確無法抵禦他迷人的魅力。

等他的車子一開走，我就著微弱的街燈光線，馬上急不及待的審視他的名片。在他那張紙質優良的名片中央，印著：「張衍棻」三個字，他的頭銜是××保險公司襄理，反面還印了好幾行英文。

啊！他這樣年輕就已做到襄理，真是年輕有為！不過，這一點是毫無關係的，我已愛上了他，即是他是個小販或小輪車夫，我也不在乎。

他——張衍棻在三天後的星期日上午依約來訪。我和同住的女同事林苓手忙腳亂地接待著他，他邀請我和林苓出去吃中飯，林苓推辭有事，我就單獨和這個只有一面之交的人開始了第一次約會。

像一般青年男女一樣，我們在電影院、小館子、咖啡座和名勝古跡中培植著我們的情苗；其實，我並不需要再培植了，它已經夠茁壯。我對他的愛，熾烈得足以把我的身心整個焚化。一個多月後張衍棻就向我求婚，我興奮得真想立刻答應他，為了少女的矜持，我說，讓我考慮幾天再說。他笑了笑，也沒有堅持要我立刻答覆。

我單身在臺沒有人可以商量，唯一可以分嚐我的興奮的就是林苓。想不到林苓竟反對我，她坦白地說我和張衍棻配不起，她懷疑他利用我來打擊他的另一個戀人。

聽了林苓的話，我大笑了，我不認為我有值得被人利用的地方，如果有，我也甘心被他利用。林苓不再說什麼，她熱心地幫我準備一切，也真心地為我祝福。

婚前，衍棻帶我到他家去了一次，引我拜見了未來的婆婆。張老太太客氣地接待我，我雖然覺得她非常嚴肅，不容易親近，但也很以這位有教養的婆婆而感慶幸；因為衍棻告訴我他母親早年是留法讀文學的，本來一直在大學裡任教，這兩年因為身體不怎麼好，才辭了職在家休息。

衍棻是留美的，他學的是經濟，一回來就被他現在工作的保險公司羅致去。他的父親是以前上海法租界一家洋行的買辦，已去世多年，他母親獨力把他撫養成人，對他特別疼愛，也特別嚴格。他們現在住的這一幢精美的小洋房，是他母親在剛剛到臺灣時用他父親的遺產買的。

以上，是我從衍棻口中所知道的他的身世及家庭狀況，這不是已經很詳盡了嗎？我還要知道一些什麼呢？當然，除了他上面所說的以外，我還看得出他家很富有；他是自費留學的，家裡要是沒幾有個錢，怎供得起？如今他所服務的又是待遇與銀行相仿的保險公司，生活一定相當不錯。

我說過，我愛他並非貪圖他的富有和高職；這一點，我除了自慚容貌不如他之外，更增添了自卑的成份。可是，我說過我抗拒不了他的魅力（我相信任何女性也將會抗拒不了），我除了愚蠢地問他為什麼愛我外，就坦然地答應了他。

他的回答也是令我心醉的。他說，我可能不算是最美麗的女子，但我性情溫柔，氣質高貴，這種內在美並非時下的摩登少女所能比擬的；最重要的一點，是我能夠尊敬他的母親，肯在婚後和她同住。

我尊敬他的母親嗎？我自己也不太知道，我和她只見過一面，我還弄不清她的為人；不過，因為我愛他，我也要愛他的母親，他主張和他母親同住，我絕對不會反對，我願意無條件的完全服從他，以他的意見為意見，極力使他快樂。

就在這樣的情形下，我這個毫不羅曼蒂克的人竟做了一件極羅曼蒂克的事，我和一個認識才一個多月，在外型和環境上跟我都極不相配的人結了婚。

三

張家這幢小洋房，設計得很精緻，很舒適。樓上是兩個套房——一間臥室帶著書房和浴間，婆婆住一間，我和衍棻住一間。樓下是一間客廳，一間起居室和一間飯廳，此外就是下房和廚房。我最欣賞的就是環繞客廳和起居室的長廊，長廊窄窄的，除了幾張籐椅外，沒有別的陳設，但我卻可以坐在這裡納涼，曬太陽和觀賞園中的花木。婆婆是個雅人，這裡的一草一木都是她所植的，花卉品種繁多，栽植得很有意境，小園中嫣紅姹紫，美麗極了。婚後，我依著衍棻的意見，辭退了教職，一心在家裡做少奶奶。衍棻上班以後，我非常寂寞，坐在長廊上看書和看花，成了我日常的消遣。

婆婆和我沒有什麼話講，她有她的天地，也時常外出，我在家的時候反比她多些。她在家的時候我總覺得拘束不安，她一外出我就自由自在了，高興時還可以唱歌哩！

晚上，衍棻在家的時候，他都坐在起居室中陪他母親談天，我則是坐在一旁作陪襯。婆婆有早睡的習慣，她進房去休息以後，衍棻也就躲到他的書房去看書。他的書房，除了他第一次帶我來參觀他的家，他打開門讓我望了一眼以外，我還沒有進去過。那不過是一間極普通的書房，我沒有怎麼注意。每一次，他進書房，總要把門帶上，我想他一定喜歡清靜，也從來沒有去打擾過他。有一個晚上，他在書房裡面，樓下來了客人，我去敲他的門，他滿臉不高興的出來問我有什麼事，嚇得我以後連敲門也不敢了。

前面我說過，婆婆有她的小天地，她的交遊相當廣，生活比我愉快得多了。她不外出時，往往邀約一些年齡相仿的老太太在家打打小牌；有時，也邀約幾個洋朋友來家喝下午茶。每次，當她有客人來，我總是避到樓上；但是，每次也總被她的客人要求我下來給她們看「新娘子」。

這種滋味真太不好受，這些老太太的目光都像X光管，炯炯逼人，似乎能透視到我的衣服裡面。看著她們那種皮笑肉不笑的表情，我恨不得立刻走開。她們真殘忍，也真吝嗇，連一句假的讚美話也捨不得說。在把我評頭品足的看個飽以後，她們就會撇起乾癟了的嘴唇，相互的說：「還不錯嘛！就像個老師的樣子！」「衍棻現在喜歡樸素的女孩子了。」「她的皮膚倒很白啊！」僅此而已，這就是她們給我最高的評價，誰知道她們在我走開以後會說些什麼呢？

面對這些長輩，我萬分不樂意而又尷尬地默坐一旁，不想說話，也不敢告退，直至婆婆下「赦令」，叫我回房時我才敢離開。我一走上樓梯，客廳中的絮絮細語聲便起。

洋朋友倒不會這樣，但會見洋朋友我也有我的害怕，因為我除了一句：「How do you do?」以外，別的都不會說，也不會聽，那副呆若木鷄的樣子，連我自己也不忍卒睹。我曾經對衍棻表示過自己英文程度太差，想到學校去補習，衍棻卻反對。他說：「何必這樣小題大做呢？媽的幾個洋朋友，你根本不需要去和她們交際。至於我的，你怕說英語，我也不勉強你出來接待他們；遇到他們請客，我一個人去就是了。」

事實上，衍棻也不曾帶過我出去參加應酬，他的理由是他知道我好靜，不喜歡交際，為了免得我受窘，不如不去算了。這正是我求之不得的事，我寧願在家裡捱受寂寞之苦，也不願意到那些我所不習慣的場合去接受人們異樣的眼光。

一個下午，我上街去買東西，走到半路，天飄起細雨來，我覺得頗為掃興，在書攤上買了一本新出版的文藝雜誌就回家。錢媽在門口告訴我，婆婆有事出去了，我回來得正好，她也想出去一下子呢！我答應了她，因為急於看一篇連載小說，就走到客廳旁邊的長廊上坐了來。小說的情節吸引住我，當我正看得迷頭迷腦時，我聽見婆婆在客廳中跟客人講話的聲音。她什麼時候回家的，我竟然不知道。客廳和長廊之間是用鋁做的落地大窗間隔開，窗內垂著厚厚的窗簾，我坐在外面，客廳裡的人沒有辦法看得到。這時候我相當狼狽，貿然出去和她們招呼呢？似乎過於突兀；一直坐著不動呢？又有故意躲著偷聽的嫌疑。正當我猶豫不決，進退維谷後，我聽見那位聲音沙啞的女客問婆婆說：「你的新兒媳婦呢？怎麼不請她來讓老同學看看呀？」

「她不在家，我看見她出去的，沒有這麼快回來。」婆婆這樣回答她。

婆婆的話使我更尷尬了，我就這樣一直躲著直到客人離去嗎？萬一她們走到廊上來呢？我將怎樣解釋？我想輕輕走到後園，從後門出去，再從前門進來。正要起身時，又聽見客人問：「她漂亮嗎？」聽到關於自身的問題，我忍不住又坐了下來，我要知道人們怎樣在背後談論我。

「才不哩！」婆婆說。我想像得出她撇著乾癟的薄嘴唇的輕蔑神情。

「真的？那麼衍棻為什麼會娶她？」女客顯然大感興趣了，我也側耳屏息傾聽。

「唉！也真是冤孽！」婆婆嘆息著。我的心彷彿停往了。

「是不是因為他們先有了？」客人急不及待地問。

「倒不是，衍棻不是那樣的人。這個女的瘦瘦小小，到如今結婚兩個多月了，還沒有懷孕的徵象，怎曉得她能不能生育？」婆婆愈扯愈遠起來。她真是抱孫心切了，最近一直盤問我有沒有拈酸的現象，使我非常的難以為情。

「看你急做祖母急成這個樣子！說呀，像衍棻這樣的美男子為什麼要娶個不好看的女孩子？」客人又在催著婆婆把謎底揭曉了。

「他也沒有告訴我為什麼，他只告訴我他喜歡她，他要和她結婚。」婆婆的謎底出乎我的意外，我不禁偷偷微笑起來。

「你不會反對嗎？」

「快三十歲的兒子了，我反對也沒有用，反正老婆是他的，又不是我的。」婆婆又嘆氣了。

「那你剛才說的冤孽又是什麼意思？」客人在尋根問底。

「哦！那是因為他曾經有一個美麗又有錢的女友，結果卻和一個窮教員結了婚的意思呀！」我的心陡地沉了下去，我發現衍棻對我不忠實，因為他曾經告訴我他不曾交過女朋友。

「噢！太可惜了。你知道他們是為什麼鬧翻的嗎？」

「是因為那女的不肯在婚後和我住在一起。」婆婆的聲音裡帶著得意的成份。

啊！我記起了，衍棻向我求婚時曾經問過我肯不肯和他母親同住。

「原來是這樣！」客人拖長著她沙啞的聲音。「那麼，你現在這個兒媳婦對你一定很孝順囉！」

「唔，」婆婆在沉吟著。「孝順不見得，還聽話就是。不過，不知怎的，我對她就看不順眼，她的長相不討人歡喜，不會應酬交際，又不會說英語；你說，我們張家討這樣的媳婦丟人不丟人？我所以說是作孽啊！要是衍棻討了瑩瑩多好！」

我的眼淚在眼眶內溢滿了，開始一滴一滴的落了下來。

「瑩瑩是誰？」客人問。

「就是那位美麗的富家千金嘛！可惜張門德薄，無福消受！」婆婆又嘆息了一聲。

夠了，夠了，我完全明白了，一幕「孔雀東南飛」的悲劇正在暗中的上演著；同時，林苓的話竟又不幸而言中，她真有先見之明，我果然是被衍棻所利用。當時我曾誇言因為我愛他，即使被利用也是甘心，為什麼現在一旦發現事實真相，又感到如此難堪呢？我是多麼的脆弱呀！我無心再偷聽下去，輕輕站了起來，躡手躡腳地走出後門，叫了一輛三輪車駛到我以前和林苓同住的地方。林苓還沒下課，房東太太認得我，她打開林苓的房門讓我進去，於是，我倒在林苓的床上，低低地痛哭起來。

不知過了多少時候，一隻溫柔的手在搖撼我的肩膀。我睜開眼睛一看，是林苓。房中已開了電燈，原來已經入夜了。我心裡一驚，猛的跳了起來，看看錶，是六點五十分，家裡是七點吃飯的，即使現在立刻回去也來不及，婚後我沒有在外吃過一次飯，不知衍棻和婆婆會不會不高興？

「林苓，我得走了，恐怕家裡在等我吃飯。」我匆匆的站起來，對鏡胡亂的梳理著一頭亂髮。

「你等我等了半天，結果我回來了你又走，這是什麼意思嘛？雪鴻，看你的眼睛紅腫成這個樣子，一定是哭過，你有什麼不高興的事，告訴我吧！」好心的林苓，走過來和我併立在鏡前。想到了她那句不幸的預言，我又哭了。

「好了，好了，別哭了，快點洗把臉，我們上街吃館子去，我還沒吃飯哩！」林苓拍著我的肩膀說。

「可是，婆婆他們等我。」我猶豫的說。在這種心情下，我實在不願意和他們一起吃飯，但是我又怕他們。

「沒有關係，我們一吃完，我就陪你回去，這總成了吧？何況，你這樣紅著眼睛回去多不好！」

林苓比我還小一歲，可是這小妮子真聰明，料事如神，她似乎已猜中我哭的原因。在小館子裡，我把下午偷聽到婆婆和客人的對話全都告訴了林苓，我以為林苓聽了一定會大動義憤，大抱不平的。誰知她卻認為我大驚小怪，捕風捉影，她說婆婆這些話的真實性只有百分之五十，很可能是婆婆編造的謊言。

她的話使我疑信參半，我說：「就你算的話說對了，那麼，婆婆不喜歡我總是事實了吧？」

「婆婆不喜歡你不算是個嚴重的問題，因為你嫁的是衍棻，而不是婆婆，最主要的是，你覺得衍棻愛不愛你？」林苓像個哲學家似的向我提出學理上的問題。

「我──我想他是──愛我的。」我結結巴巴地說。這個問題叫我麼回答呢？自從他開始和我約會起，我就認為他是在愛我，從那時到現在，我從來不曾為這個問題煩心過；直至聽見了婆婆的話，直至現在林苓向我發問，我才驚悟到這一點的確值得懷疑；但是，為了面子問題，我竟連林苓也要欺騙了。

「這就好。至於婆婆方面，你可以慢慢想辦法去贏得她的愛心。」這是林苓對我們今晚的話所下的結論。

當然只有這樣辦了，但願婆婆所說的真的是謊言就好了。

林苓陪我回家去，衍棻正陪著婆婆在下西洋棋。我見了他們有點覥覥，林苓卻替我解釋說是她拖我去吃飯的。衍棻和婆婆客氣地招待著林苓，並沒有怪我，然而，林苓走後，衍棻和婆婆整個晚上都沒有跟我說一句話，甚至沒有看我一眼。

我又墜入了一個不可知的夢境中。

四

這些日子以來，我的腦海中老是幻想出一個鬟髮如雲，眉目如畫的美女偎依在衍棻的身邊，她就是婆婆口中的「瑩瑩」。但是，瑩瑩是誰？衍棻是不是真的有過這麼一個女朋友？又是不是真的為了婆婆的問題而鬧翻？這一連串的疑問，日夜苦惱著我；而最主要的一點是：衍棻到底愛不愛我？他是不是只為了我肯和他母親同住才向我求婚？我又是不是真的如林苓所說的被他利用了？天啊！假如我再找不出答案，我想我真會發瘋了。

我的婚姻生活，平靜如一池春水，了無波紋。衍棻和我相敬如賓；婆婆雖則有時不免吹毛求疵，嘀咕兩句，但是在衍棻面前，她對我還是相當客氣的。白天，照舊是衍棻上班，婆婆忙於交際，我獨守空房；晚上，母子兩人樂敘天倫完畢，婆婆歸寢，衍棻躲到他的書房裡去，等到他來上床時，我早已入睡。從早到晚，我們沒有單獨交談的時候，雖然睡在一張床上，卻永遠如參商兩星。

我們是仲春結婚的，到如今，庭花開遍又將枯謝，寶島上不著痕跡的秋天也將過去了。今天，婆婆趁衍棻上班後又嘮叨的問我有跡象沒有，我紅著臉搖搖頭；於是，她命令我跟她去找醫生，看看我是否有毛病。結果醫生的診斷是否定的，我的心上落下了一塊大石，婆婆的臉色卻很不好看，一路上沒有說一句話。天曉得她在打什麼主意，也許她在想及「不孝有三，無後為大」這句話而想應用「七出」的古訓也說不定。

我又何嘗不想有個孩子？我聽說有了孩子比較可以維繫夫妻的感情，如果有了個白白胖胖的嬰兒，衍棻也許對我就不那麼冷淡了；然而，上天卻不允許我們享有任何一對夫婦都可得的幸福。

晚上，我想把這個問題和衍棻談談。從樓下回到房間裡，他照例是溫柔地對我說一聲：「你先睡覺，我看一會書再來。」

我先是無言地點點頭，但當他背著我用鑰匙打開書房的門時，我卻輕輕的喊他：「衍棻！」

「做什麼嘛？」他轉過頭來瞪著我，一臉不耐煩不高興之色。

我的心冷了半截，這不是談話的時候，算了吧！

「沒什麼，我要你不要太晚睡，怕你累壞了身子。」我改口說。

「嗯！」他在喉嚨底應了一聲，推門走進書房，然後又把門關上。

我哀傷地走向窗前，庭院寂寂，天上無月無星，漆黑一片；想起了蜜月歸來那個陽光照耀，鳥兒歡唱的清晨，與目前相比，真是宛如兩個世界。是我的心境蒼老了呢？還是衍棻真的變了？

我轉過身無聊地凝視著我們的臥室：一張鋪著蛋黃底起白花的毛巾毯的席夢思床，奶油色的衣櫃，同色的梳妝桌，玫瑰紅的沙發，瓶裡的洋百合吐著幽香，床頭小几上的座燈灑出粉紅色的光輝，二十四吋的結婚照片高高地懸在床頭，這情調多麼溫馨！多麼羅曼蒂克！然而，新婚數月的新郎卻夜夜躲在他的書房裡！

我的目光停留在他的書房的門上，呀！鑰匙還插在鑰匙孔裡，是不是他忘了？還是他每夜的習慣都如此呢？突然，我下意識地想到要偷窺他書房中的秘密，他每夜到底在裡面做些什麼，我小心地記住那把鑰匙的形狀，準備有機會時就偷了過來。

偷？我多可恥！前次偷聽了婆婆的談話，如今又想偷丈夫的鑰匙，想偷看丈夫的東西？但願我忘記了這可恥的想法。

初冬裡的一天，早上天氣忽地冷了起來，衍棻換了一套較厚的冬裝，把身上穿的一套薄呢西裝留在衣架上。我看那套衣服有點髒了，想交給錢媽送到洗衣店裡去洗。我翻翻他的口袋，看看有沒有遺下的東西，發現他在匆忙中衣袋裡面好些東西還沒有拿起來。這一下，我打消了送去洗的意思，因為我想他也許不喜歡我去移動他袋裡的東西。正當我要把手抽出來時，我摸到了一串鑰匙，我的心狂跳著，掏出來一看，裡面正有著書房的那把。於是，偷看的念頭又起了，我不再認為可恥，這是自衛的行為呀！

我拿著鑰匙的手在發抖，只要我把它往書房的門上一轉，我就可以替自己的許多疑問找出答案了。可是，現在不行，婆婆在家裡，她會發現的，我一定得等她出去了才可以進衍棻的書房。另一個問題又來了，我怎樣能保有這把鑰匙呢？說不定衍棻中午回來就會拿走的。想了一會兒，我忽然想起在偵探小說中看過可以把鑰匙的形狀印在蠟上再找人去配的情節，於是，我在針線盒中取出那塊插針的蠟餅，切了一小片出來，把鑰匙在那片蠟上一按，蠟上立刻現出了清晰的痕跡。我把鑰匙放回衍棻的口袋中，把那片蠟用紙包著，放在手提包裡——衍棻從不擅自打開我的手提包的，這點倒可以放心。

我迫不及待地出去找配鑰匙的匠人，他告訴我明天就可以去取。也許是作賊心虛的緣故，中午吃飯時我的表情很不自然，胃口也大減，匆匆吃了一碗飯就上樓去。婆婆用她銳利的眼光注視著我，敏感的她一定以為我在害喜；但衍棻似乎卻沒有注意到我的失常。

午飯後，他把掛在衣架上那套衣服口袋中的東西清出來，叫錢媽送去洗。喜歡整潔的他，對衣物的處理一向是不必我操心的。對此，我反而感到內疚與不安，我對他說：「早上本來我就要叫錢媽拿去的，但我看口袋裡有些東西，又不敢去動它。」

「是的，我口袋裡東西太多了，只有我自已才知道該放在哪裡，你還是不要動為妙！」他說完了，倒在床上就開始他每天的午睡。

我又感到悲哀起來，我和他算是什麼關係呢？如今，他竟然毫不客氣的叫我不要去動他的東西了。

鑰匙配好的第二天，機會終於來了。衍棻在早餐時說他中午有事，不回來吃飯。婆婆可能是不太願意和我獨處，吃過早餐，也就打扮整齊出門去，並且叫我不必等她吃飯，我知道她準是打牌去，不到晚上衍棻下班時，她決不回來。

我把自己關在房間內，用顫抖的手打開了書房的門，輕步走到書桌前面，也無暇觀察桌上的陳設和書櫃上的圖書，就急急的想去發現秘密。根據常識判斷，一般人都是把重要的東西放在中間的抽屜內，因此，我第一個就去打開中央的抽屜。還好他沒有上鎖，否則我就前功盡棄了。抽屜一打開，根本不需要我費心尋找，秘密就呈露在我的眼前，一個精緻的鑲金相框躺在抽屜的中央。影中人是一個艷麗無比的女郎，奇怪的是，她的樣子竟與我想像中的「瑩瑩」不謀而合：一雙秋波欲流的大眼，一個小巧玲瓏的嘴巴，一臉秀色，我見猶憐，一時間，我竟忘記了憤怒與妒忌，忍不住捧起相框細細欣賞起來。我猜想：這相框原來是擺在案頭的，如今衍棻怕在開門時被我窺見，所以就藏在抽屜裡了，他也是用心良苦啊！影中人實在太美了，我居然對衍棻產生了一絲同情心。

相框下面是一本精裝的日記本，旁邊有一大疊信，用一根粉紅色的絲帶紮著。呵！這是個多麼羅曼蒂克的寶藏！怪不得衍棻每夜都沉迷於此了。我用發抖的手指小心翼翼打開日記本，惟恐把它褻瀆了，它是衍棻的寶藏，我也應加以珍惜啊！

我說過衍棻是個愛整潔的人，所以他的日記也寫得又整齊又乾淨，看著非常舒服；為了不敢耽擱得太久，我只能很匆促的看著，而且，看到一半，就得先把一切恢復原狀退出來，以免萬一被婆婆回來撞見。然而，只要看了這半本日記，甚至再少，我就夠了，我不但把秘密的全部發現，也看清了衍棻的內心，我從來不曾對一個人這樣瞭解過，我彷彿把他的心活生生地從胸腔裡掏出來再加以剖開。

我費了幾天的時間，斷斷續續的才看完了衍棻的日記。在偷聽了婆婆的話以後，經過了林苓的勸解，我始終抱著一點希望，希望那是假的。我的命運不至如此的壞；但是，如今連這最後一絲渺茫的希望都幻滅了，鐵的事實擺在面前，我真真正正的做了悲劇的主角。

一個囚犯在接受死刑之前據說大多數是很鎮定的，如今，我似乎也有著這樣的感覺。看完了日記，我並不像小說中所描寫的一樣——昏了過去，我只是感到茫然。

由於我窺破了衍棻心頭的秘密，我的內心非常的不安和愧怍，而對他更加畏懼起來。我不是個善於造作的人，我不會掩飾情緒上複雜的變化；我想，我在言行上必定有失常而怪異的地方，否則，最近衍棻和婆婆為什麼都好像用奇特的眼光看著我呢？啊！衍棻！我不能再忍受下去了，我們為什麼不能彼此開誠佈公，把心底的話說了出來，而要把對方當作陌生人一樣看待呢？

五

下面是衍棻幾頁有代表性的日記：

二月五日

大眾歡騰的農曆新年，在我卻是個痛苦難忘的日子，瑩瑩今天在美國結婚了。印刷精美的喜帖赫然擺在我面前，那些閃金的鉛字宛似一把把亮晶晶的尖刀剜進我心。我恨得咬牙切齒，把喜帖撕得粉碎；然而，這又消得了我心頭的悲憤嗎？不，我的字眼用錯了，如今，存在我心頭的，只有悲哀而沒有了憤怒，道不同不相為謀，我們是應該分手的，還憤怒什麼呢？她要求我在美和她結婚，不要回國，更不許我把媽接來；她太自私了，完全藐視了我對媽的感情，這叫我怎能答應？

記得在我的返國前夕，她曾威脅地對我說：「你別想我會回去，我是絕對不要再回去吃蓬萊米的。」

「我沒有強迫你的意思。」我說。
「到時你別後悔啊！」
「我將盡力禁止自己後悔。」
是的，我沒有後悔，她果然不出我所料的和一個永遠不會要她回來吃蓬萊米的美國人結婚了，但我並沒有責怪自己為什麼要先回國來。美麗的瑩瑩是適宜在彼邦享受物資生活的，只怪我命中註定不能匹配她吧！
瑩瑩雖然不再屬於我，但我仍永遠的愛著她。她是我初戀的戀人，我們有著多年的情感和數不清的甜蜜的回憶，她的倩影將長駐在我心頭，今後將沒有人能夠代替。
讓我為可愛的瑩瑩遙遙地祝福吧！

二月二十日

昨天晚上在一個朋友的小女兒的生日宴會中，發現了一個面貌很平凡但卻很不俗的女孩子。她就坐在我的旁邊，但因為她太平凡了，我一直沒注意到她，但當我看清了她以後，卻不覺對她發生興趣起來。她是個小學教員，服裝非常樸素，面上帶著幼稚而羞澀的表情，看來還是天真未鑿。我想起了媽近來日夜嘀咕著的話，她老人家抱孫念切，要我忘掉瑩瑩，快點結婚；她又說，假如我不自己去物色對象的話，她就要找人為我介紹了。要我忘掉瑩瑩是不可能的事，但為了討媽的歡心，為了完成人生的責任而結婚，那是逃不掉的，與其讓媽介紹些庸脂俗粉而自找麻煩，我為什麼不自動去找尋呢？

昨夜，遇到了那個單純的女孩子王雪鴻，我竟然起了個邪惡的念頭，既然我必定得結婚，不如就選擇這個女教員吧！她平凡而貧寒，一旦得我青睞，她一定會死心塌地的做我忠實的賢妻的。

我稍稍向她獻了一點慇懃，她立刻受寵若驚；宴會後我送她回家，她也答應了我以後可以去拜訪。

三月廿五日

果如我所想像的一樣，雪鴻是個純樸已極的女孩子。我已決定要娶她了，為了母親，也為了履行人生的義務。我帶她去見媽，想不到媽卻不喜歡她，說什麼她不是宜男相啦！長得醜啦！出身太貧寒，和我們門戶不相當啦！說了一大堆，總之都是反對的話。媽這樣挑剔苛求，我也光火了，我說：「媽，隨你的便吧！我是為你而結婚的，你不喜歡雪鴻，我今後也不會再去交女朋友了。」

媽果然有點害怕，總算勉勉強強地答應了。天曉得，我這樣據理力爭要和雪鴻結婚，媽還以為我多愛雪鴻哩！其實我是眼淚流向肚裡，痛苦誰知？

四月十五日

為期半個月的蜜月終於過去，今夜是我們回家的第一夜。雪鴻坐在床上看畫報（她穿著粉紅色的薄紗睡衣，靠枕倚在那張嶄新的席夢思大床上，看來真不相配！），我吩咐她先睡，不要等我，我還要讀讀書寫寫信哩！

她柔順地答應了，於是，我就把自己關在分別了半個月的書房中。

瑩瑩的照片立在書桌上向我嬌笑，我又氣又惱，立刻一掌把它推倒。相框碰在桌面的聲音驚動了外面的雪鴻，她問我什麼事，我不耐煩地大聲叫她不要大驚小怪，不要擾亂我讀書時的心情。天啊！我多冷酷！多無情！這是本來的我嗎？不是！我變了！變得連我自己都不復相識了。

我把自己關在書房裡兩個鐘頭。我抱著瑩瑩的相框，吻了一遍又一遍；我細讀我記載我們的戀史的日記和她的每一封來信，痛苦的淚水把每一個字跡都染得模糊了。夜深人靜，在這個小天地中，我似乎稍得安慰。這裡是我的避難所，是我的世外桃源，是我的夢中王國；現實中，我雖然已失去了瑩瑩，然而，這個小天地中我和她仍是很接近的呀！

七月十九日

生活為何這樣死板？日子為何這樣灰暗？暴風雨呀！為何不快點來臨？低氣壓要把我窒息了。這幾個月以來，我老覺得自己像一部機器，說得不好聽一點，簡直是一具行屍走肉，沒有靈魂，沒有思想，我不知自己為何而生。白天，我忙於工作；晚上，我機械地陪媽聊天，雪鴻則像個木頭人般坐在一旁等我。（媽一直對她好不起來，唉！真是罪孽！她為什麼要嫁給我？）然而，她真是白等，等到我上了樓，還不是照例把書房的門一關，讓她獨守空幃？我知道她一定痛苦，可是我比她更痛苦，她為什麼不跟我大吵一場呢？吵一吵不比悶在心裡舒服嗎？

八月二日

今天，日子有點反常，雪鴻下午出去，竟不回家吃晚飯，這是從來不曾有過的事，媽很不高興。我除了有點擔心會不會發生意外，還隱隱的懷疑她是不是有了男友。這念頭一閃過，我立刻暗罵自己卑鄙，雪鴻是純潔的，絕不會做出這樣的事；自己已經夠對她不住的了，還有資格懷疑她嗎？

飯後，雪鴻由林苓陪著回來，她的臉色蒼白，神色很不自然。媽還在生氣，沒有跟她說話；我也因內心煩躁不安而懶得理會她，看著她一臉畏怯的表情，我真有點於心不忍。

九月十二日

我們結婚快半年了，雪鴻至今還沒有懷孕的跡象。媽雖然不喜歡她，但卻急於抱孫，幾乎隔一兩天就要「盤詰」一次。如今，媽是再也忍不住了，她要我和雪鴻離婚，娶過一個「宜男」

的女人，媽真是無理取鬧，虧她還是留過學的人，這是個什麼時代，難道「無子」真的可以當為離婚的理由？能夠離婚也好，也可減去我精神上的負擔；然而，我能這樣對待無辜的雪鴻麼？

六

我病了，病了差不多有半個月。我微微有點發燒、暈眩、不思飲食，懨懨地躺在床上，虛弱異常。婆婆又敏感起來了，她變得很仁慈，坐在我床邊問長問短；然而，當我坦率的回答擊破了她的美夢時，她立刻就板起臉，拂袖而去。衍棻為我請了醫生來，那位慈藹的老醫生也診視不出我患的是什麼病。我的病只有自己明白，那是心病，不是任何醫藥所能治療的。

由於我的病，衍棻對我比以前溫柔體貼得多了。晚上，他很早就回房，也不躲到他的小書房裡去，總是拿著一份晚報或者畫報之類輕鬆的讀物，坐在床側的沙發上陪我，看到有趣的事就講給我聽。他耐心地詢問我的病狀，問我想吃什麼東西；每天下班回家，總也不忘帶一小束花或一兩樣零食給我。

他愈對我好，我的心裡愈痛苦。躺在床上，望著他那張像古希臘雕像般美好的臉，我真想走去跪在他面前，抱著他的雙膝，哀求說：「衍棻，你愛我吧！只要你肯真的愛我，我的病就會好的。」可是，當我看到他微蹙的雙眉和隱隱含著憂鬱的黑眼，我的心便絞痛了。我想喊：

「衍棻，你的秘密我全知道了，你既然一心愛著你的瑩瑩，你為什麼又要跟我結婚，害得彼此痛苦呢？讓我們離婚呀！你為什麼不開口？」

有很多次，在他面前，我都因為忍受不住內心衝突的痛楚而用被子蒙著頭嚶嚶低泣。他發覺了，總是走過來輕輕掀開我的被子，撫摸著我的頭說：「雪鴻，別孩子氣，生一點點小病哭什麼呢？等你病好了，我帶你去玩。」

我覺得，我有生以來，從來不曾像今天這樣淒涼這樣孤獨過，即使是五年前叔叔去世，我的悲傷也不過如此。叔叔是我在臺灣唯一的親人，他是個老鰥夫，是他帶我到臺灣來的。他死時我正在念師範學校，似乎還少不更事，哭了好幾場，被同學們勸了幾句，也就不太悲哀了。如今，我卻是傷在心坎裡，我的心在滴著血；我悲嘆自己的命運太悲慘，身世太飄零，我想起了留在大陸上生死未卜的爹娘，想起了已去世的叔叔，一切哀愁交襲著我，叫我怎吃得消？

白天，衍棻去上班，婆婆去交際，錢媽躲在廚房忙她自己的事，偌大一幢房子，彷彿就只剩我一人，這時，我真覺得自己比沙漠中的旅人更孤獨。這幽雅的環境，考究的陳設，對我是何等陌生呵！我——一個窮苦的小學教員，為什麼會投身在這裡？於是，不期而然的，我又有著夢的感覺。我和衍棻的認識的結合，一切都離奇得像夢一般，這個夢到底要延續多久呵？

當我偶然離開床，好讓那些因為躺床太久而致發痛的嶙峋瘦骨得以活動活動時，我總喜歡倚在窗前，凝望著天空悠悠的白雲和園中的樹木冥想。聖誕節和新曆年都才過去不久，園裡的一品紅依然盛開一朵朵像火般璀燦耀目。這使我想起，我婚後已快一年了，這一年，於我於他，都像是個徒刑啊！

徒刑？如果我們的婚姻是個徒刑，這將是個無期徒刑了。唉！兩個可憐的囚徒！我望著窗下園中的水泥地，它是那麼堅固光潔；我突然想到要解脫，假使我縱身一躍，我和他不是都可以從徒刑中釋放出來麼？我扶著窗沿的雙手發抖，雙足發軟；不用照鏡子，我也可以想像出自己的臉色和嘴唇是如何蒼白！我的心狂跳著，我緊閉著雙目，在幻想自己已經血肉模糊躺在水泥地上；可是，我又想到，死固然是一了百了，假使不死呢？一個健全的人尚且不能獲得他母子的歡心，何況一個殘廢的人？那時的苦頭更有得受！我踉踉地退回床上，竟出了一身冷汗。想不到，因為這身冷汗，我的病就去了大半。第二天的早上，老醫生來看我，他一量溫度，又聽了聽心肺，就笑瞇瞇地對我說：「張太太，恭喜你，你的病好了，再好好休息個兩三天，就可以下床了。」

「謝謝您，大夫！」我苦笑地對他點點頭，沒有再說什麼。老醫生一定很奇怪，我這個病人真是聽話安份得出奇，從來不曾問過自己患的是什麼病，也不管他開的是什麼藥，注射的是什麼藥劑，一律照服不誤。

病好後，衍菉果然踐約陪我去遊了一次礁溪；但是，如今不論他如何溫存體貼，都不能打動我的心了。打從那想跳樓的一刻開始，要想「解除徒刑」的意念已在我心底生了根。

七

是豔陽天氣，火車上擠滿了遊春的旅客，他們的歡樂，與我的淒苦成了強烈的對比。我帶著簡單到不能再簡單的行李，蜷坐在一節南下快車車廂的角落裡，低垂著頭，唯恐別人從我臉上看出我是個「出走的妻子」；其實，我大可放心，不到中午，衍棻和婆婆決不會發現我留在梳妝桌上的信。是的，我出走了，換句話說，我已在實行我那醞釀了好久的「解除徒刑」計劃。我已在高雄找到一份工作——一家私人機關裡的文書。今晨，等衍棻上班後，我留下我的私章和一封信，信中簡單地說，我已知道了他的「秘密」，既然他並不愛我，婆婆也討厭我，為了解除彼此的痛苦，甘願無條件地和他離婚，我帶走的只是一些隨身衣服用品，他給我的東西，一件也沒有帶去。最後，我在信末這樣寫著：「我到什麼地方去，請你們不必查問，除了我自己，是沒有任何人知道的。我會好好活下去，請不要以我為念。最後，我願意告訴你，無論如何，我永遠是愛著你的，正如你一直在愛著瑩瑩一樣。」

我為什麼要這樣寫，連自己也不知道；當時匆匆忙忙的，心裡又亂，寫完了並沒有再看一遍，趁著婆婆上街，徐媽去買菜，就偷偷從後門溜了出來。如今想起，這幾句話，尤其是最後兩句，實在是多餘的，既然要分手了，還說這拖泥帶水的話做什麼？豈不是自尋煩惱？

在那漫長的旅途上，我真是渡日如年，哀傷、愁苦、徬徨、孤零之感交集心頭，但覺自己如一葉孤舟，飄泊人海，前途茫茫，不知何往。直至我抵達高雄，到工作地點報了到，這茫然之感還是無法消除。

我的新工作機關規模甚小，並不如信上所說的那樣龐大，幸虧老板似乎還客氣，同事們也還和善。如今，我尚有何求呢？得一啖飯之地暫且安身，就是我最大的願望了。

我在辦公廳附近租了一間小房間居住，早出晚歸，開始我孤獨的生涯。一天下班回去時，在街上順便買了一份晚報。我一面吃著自己做的晚飯，一面瀏覽著第一版的標體，報頭下面一則廣告赫然映入我的眼簾中：

「愛妻：你遺書出走，令我悲痛莫名。見報請速返，一切可以商量解決。夫字」

這則廣告，雖然沒有登出姓名，但我一看就直覺到一定是衍棻所登，他的不登姓名，煞費苦心，正是為了彼此的面子問題呵！他稱我「愛妻」，又說「悲痛莫名」，是真的嗎？還是為了要騙我回去呢，我的眼淚滴落在飯碗中，幾乎被感動了，我真有點想回去。可是，我又想了，「一切可以商量解決」，怎樣解決法呢？叫他從此不要再想瑩瑩，一心愛我嗎？鐫刻在心版上多年的影子能消滅掉？傻子，別妄想了吧！你一切比不上瑩瑩，憑什麼跟她競爭？你不能回去！回去將永遠痛苦！他的不肯離婚，無非是一時上的良心不安罷了！別回去！別回去！感情和理智整晚在我胸中交戰著，使我一夜不成眠。

衍棻倒似乎是誠心的，他不但在晚報上登廣告，各日報上他也登了。在辦公廳中，同事們也都紛紛的把這則沒有姓名的廣告來討論，他們一致認為：「現在的妻子真要不得！動不動就出走，太可惡了！」

我紅著臉在一旁聽著，不敢說半句話，彷彿一開口就會被人看穿我的秘密。

有一陣子，我不敢看報紙，因為我怕看到這則廣告。這幾十個紅色的鉛字會使我想起了衍棻那張美好的臉，會使我想起了婚前那段短短的幸福時光，我真怕我控制不了自己的感情而忍不住再投向他的懷抱。

到了高雄的半個月後，我又病了，病況與前次差不多，但此次較輕一點，尚不致躺床。我因為剛到差不久，不敢請假，勉強支撐著去上班。直到有一天，我突然在辦公廳中嘔吐起來，才著了慌而去找醫生。

從醫生的診所出來，我簡直是昏亂惶惑得不知如何是好，老天何其會開玩笑，我竟然是有孕了。婆婆是那樣渴望抱孫，我為什麼一直沒有受孕，如今卻是懷著他的孩子離開了他！今後，我將怎樣辦？在這裡還是小姐身份，又怎能再待下去呢？離開，又去哪裡好呢？回去嗎？不，說什麼也不能回去了，在這個情形下回去，衍棻母子會想到別的方面去的，我不能平白地讓人家懷疑。天啊！我腹中的孩子本來應該有個完滿的家庭，如今卻是名不正言不順，變成了沒有父親的孩子，這是什麼冤孽呵！

年青的女人一有嘔吐的象徵，別人立刻就會猜想到她是有了身孕。我在辦公廳裡吐了兩次，馬上就感覺得出同事們嘲笑的眼光。我一背轉身，他們就立刻竊竊私語。我知道，這地方再也不容我再逗留下去了。

八

我以健康不佳做理由，辭去了這份做了還不到一個月的工作，帶著那份簡單的行李，隻身到了臺中。我之所以一再選擇大都市做我的棲身地，那是因為大都市找工作比較容易的緣故。

我在一間小旅館中租了一個小房間作為安身之所，每天，我細閱報上的人事小廣告，希望快點找到工作；然而，這一次卻不像前次的順利，廣告中所徵求的無非是店員，女工、女僕、計分小姐等人材，這都不是我想當，也不是我能擔任的。我守候了快一個星期，工作還是毫無頭緒。這時，我開始有點著急了，離家時，為了表示我的清白，屬於衍棻的東西我固然分毫未取，就是他買給我的飾物和較貴重的衣服都一概留下；現在我身上所有的，不過是一隻結婚戒指、一隻腕錶，以及一些的現款而已。假如一直找不到工作，今後的生活怎麼辦？將來要生產時又怎麼辦？茫茫天壤，我將何去何從？

最苦的是，身孕使我極其難受。我往往一整天躺在床上不進飲食，一方面是因為吃不下，一方面也為了省錢。隨吃隨吐的現象使我非常痛苦，於是，我控制著自己，非到餓得不能忍受時不吃東西。

由於我的「節食」，身體變得衰弱極了，有時起床走兩步，就感覺到頭昏目眩，搖搖欲倒。我害怕了，我想我不能就此死去，為了腹中的孩子，我得好好活下去，我應該再去看看醫生；可是，一想到錢的問題我又把這個意念打消了。

有一天，有一則人事小廣告吸引了我，那上面寫著：「徵求女管家，外省籍，無家累，須有耐心服侍老太太。」合適的工作遲遲找不到，女管家的身份雖然似乎低了一點，但起碼管食宿，暫時把生活問題解決了也好，只是人家聲明要「無家累」，不知嫌我懷著孩子不？姑且去試試再說吧！

我吃了點東西，振作一下，稍為梳洗，就按著報上的地址找到了那個人家。那是在一條很幽靜的小巷中的一幢日式平房，院子裡花木扶疏，四周寂寥，光是環境就給予我好感。

我輕輕按了一下門鈴，不一會就有一個十八九歲的臺灣女孩子出來開門。我脹紅著臉問她這裡是不是要請女管家，她點了點頭，叫我跟她進去。

她讓我在客廳中等著，過了一回，她從房間走出來，招呼叫我進去。光線幽暗的房間裡，床上躺著一位雙頰深陷的老太太，不過，她的目光卻是炯炯有神，正一眨也不眨的盯著我。

「這位小姐是來應徵的嗎？」她用沙啞的聲音，叫我在床側的椅子上坐下。女孩子為我倒了一杯茶就退了出去。

「是的，老太太。」我說。

「我看你像個讀過書的人，做這份工作，你不怕太委屈嗎？」老太太又說。從這句話聽來，她應該是個受過教育而又心地善良的人。

「不，不，老太太，我急於找工作，我什麼都肯幹的。」我急急地回答，深恐她回絕我。

「你今年幾歲了？」

「二十五。」

「結過婚沒有？」

「我，我的先生死了。」這是我預先編好的謊言，但說出口來，聲音卻不免有點顫抖。

「啊！年記輕輕，怪可憐的！你們有孩子嗎？」老太太炯炯的目光變得柔和了。

「沒有，啊！老太太，我正懷著他的孩子。」我知道懷孕的事是不能瞞人的，所以索性說了出來；可是，我這樣說的時候，卻覺得自己比一個寡婦還要可憐，還要痛苦，忍不住就淚隨聲下。

「真的嗎？唉！真可憐！」老太太從被子裡伸出一隻枯瘦多骨的手，輕輕地撫摸著我擱在她床沿上的手，目光中充滿著憐憫。

我點點頭，一面還用手帕揩拭著淚水。

「幾個月了？」老太太又問。

「兩個多月。」我低著頭說。

「那麼，你的先生才去世不久？」

「是的。」我含糊地回答。我真怕她再問下去，因為要是她問到「是什麼病死的」、「你為什麼這樣快就出來工作」等問題，那就相當麻煩，不好應付了。

「我請管家的目的是要找人服侍我，我患了嚴重的風濕病，長年躺在床上，無兒無女，只有一個侄兒同住，他早出晚歸，很少在家。這裡的下女又多數笨手笨腳的，所以我需要有一個人陪我，服侍我。像你這樣的情形我本來不能用的，但是我喜歡你，你樸素沈默，很合我的理想。我看就這樣決定吧！你馬上就搬來，做到你要生產時我再想辦法好了。」老太太一口氣說完了，就推了推我的手，意思是叫我回去取行李。

我站了起來，感激地對老太太說：「老太太，你對我這樣仁慈，我一定要好好的報答你。」我的聲音是哽咽的，因為我的眼淚又快要落下來了。

就這樣我做了羅老太太的管家，在她的臥室後面，我有一間小小而整潔的房間。在茫茫人海中，我能夠加入到這個善良的家庭裡，我深深地獲得了安全感。

那天夜裡，我會見了我的另一個主人，羅老太太的侄兒羅子初。他是一位工程師，瘦瘦的、高高的，不大愛說話，但看起來人很和氣。

當他下班回家，他嬸娘告訴他我就是新請來的女管家時，他只是客氣而禮貌地對我點點頭。然後，他嬸娘又說：「子初，你覺得王小姐怎麼樣？人家還上過中學的哩！」

「很好嘛！」他看了我一眼說，「以後王小姐可以為您讀報紙，讀小說了。」

「我曉得，你就怕做這份差事，誰叫你不早點替我娶個侄媳婦呢？有了侄媳婦，我不就可以不用找你了嗎？」羅老太太跟侄兒開起玩笑來了。

「嬸娘！您又來了！您現在請到了管家不就得了嗎？」羅子初說著，似乎覺得自己失言，臉一紅，就溜回自己房間去了。

「你看我這個侄兒，快三十歲的人，還害臊！他呀！他什麼都好，就是遲遲不肯結婚這一點，不好。」羅老太太對我說。

我笑了笑，沒說什麼。站在一旁的下女阿香卻低聲的對我說：「羅先生眼界好高啊！人家介紹了很好小姐給他，他都不中意。」

羅子初的眼界高不高對我有什麼關係呢？我煩厭地應了一聲，就不再理會阿香。忽然間，我又想起了衍棻和他的母親，我覺得這一家和他們倒有點相像，一個是希望侄兒快點成家的嬸娘，一個是急於抱孫的母親，他們的子侄都是脾氣古怪的人。啊！婆婆，不，衍棻的母親呵！您將要有衍棻的骨肉了，可是他卻沒有做您的孫子的福份。

在羅家的工作是輕鬆的。每天，我只要服侍老太太梳洗、更衣，替她鋪床疊被，扶她在院中走走，曬曬太陽，為她讀報唸書，只此而已。羅老太太並不像一般有病人的那樣脾氣暴躁；相反地，她對我異常親切和藹，絲毫不把我當下人看待。下午，她有午睡的習慣，非到四時以後不起來，在這一段時間裡，我是完全自由的，如果阿香沒有出去「踢土」，我還可以上街逛逛，看一場電影，或買點自己需要的東西。不過，我已難得有這種雅興，我極少外出，我是寧願待在自己房裡靜坐。有時，我看看書，但大多數時間我都在準備嬰兒的衣物。我現在還不知道嬰兒出世以後母子兩人的命運怎麼樣，我現在唯一能做的工作就是極力省錢，以備將來失業之用。我得來的薪水，除了買布做嬰兒衣物以後，幾乎分文都不敢用。

九

由於雙親身陷大陸，十幾年未通音問，使我對老年人發生了依戀之心，在衍棻家，假使他母親待我有半分親切，我想我是絕對不會出走的。如今，羅老太太對我的體貼關懷，使得我時時感激零涕，我常常想：我的婆婆為什麼不是這樣子呢？要是婆婆肯疼我，那麼，即使我丈夫不愛我，我也能忍受的。

日子一天天逝去，我的身孕漸漸顯露，好心的羅老太太也開始不讓我做要費氣力的工作，像打洗臉水洗澡水之類的事，她通通都叫阿香替我做了。

我覺得很不好意思，我對羅老太太說：「老太太，我來這裡，就是要用我的勞力換取報酬，我說過我能吃苦的，什麼事您都吩咐我做好了，您對我優待，我反而不安。」

「王小姐，我說過我喜歡你，我不要你累壞身子，阿香年少力強，讓她多做點沒有關係。」羅老太太笑瞇瞇地回答我，一面說著，還拍了拍她的床沿，示意叫我坐下。

我不敢坐到她的床上，就在床側的椅子上坐下了。

「老太太，您待我這樣好，我真不該怎樣來報答您。」我低下頭訕訕地說。

「不要說什麼報答的話了，人與人之間原來就應該互相幫助的。何況，我和你還是同病相憐的人？」

「什麼？老太太您——」我不明白她話裡的意思。

「我和你一樣，是個失去了丈夫的人，不過，你比我更苦，你還這樣年青，而我的丈夫去世時我已接近老年。可是，你也有比我幸福的地方，你腹中還懷有你丈夫的骨肉，但我卻是無兒無女，孤苦伶仃；所以，我要替你珍惜你的孩子。」

「啊！老太太！」我叫了一聲，就哽咽著接不下去。我在心裡暗暗發誓：有生之日，我一定要好好地報答這位仁慈的太太的恩情。

來到羅家以後，我從來不曾打聽過他們的身世，雖然我對他們這簡單的人口感到多少有點好奇，但我的修養阻止了我多事的詢問。今天，羅老太太自動告訴我，她本來是和她丈夫一同帶著已過繼了給他們的侄兒子初到臺灣來，當時，他們手邊還有點積蓄，就買下了這所房子；不幸，兩年後她的丈夫死於肺癌，從此她就孤苦的帶著侄兒靠著一點積蓄過日子。

「還好，子初這孩子很勤學，也很孝順，」老太太嘆了一口氣接著說，「這幾年，積蓄用光了，幸虧子初也畢業了，他把賺來的錢全部交給我，但我卻替他把大部份都存起來。你猜我存起來做什麼用？要給他娶媳婦呀！這孩子，什麼都好，就是太老實了，楞頭楞腦的，恁大年紀，看見女孩子都會臉紅，真叫我操心！」

老太太話一說得多了，就有點語無倫次的樣子，這恐怕是老年人的通病吧！不過，無論如何，我也得乖乖地聽下去，因為這也是我的工作的一部分；即使不算是工作，我也要聽，我不是要報答她嗎？這正是我分擔她寂寞的時候呀！

天氣漸漸熱起來了，有一個星期日，陽光很好，我想，老太太房間裡的箱子也應該拿出去曬曬了。老太太正躺在床上閉目養神，我沒有驚動她，輕手輕腳地提起一隻皮箱就往外去。羅子初正坐在客廳中看報，當我還未走進院子時，他已從後面趕過來，搶過我手中的皮箱，我的手剛好被握在他的手裡。

「這箱子太重了，讓我幫你提！」他說，語氣很堅決。

我本能地把手抽出來，當然，皮箱現在是他提著了。

「怎麼樣？你是要曬衣服嗎？該放到哪裡去，你說。」他又說。

「不，羅先生，讓我拿吧！我拿得動。」我臉紅紅地說。

他不理我，逕自把皮箱搬到一塊石頭上面。我走過去把箱子打開，他又來幫忙，好幾次他的手都無意地碰到我，我只好走開，讓他獨自去忙。

「還有嗎？我去搬。」他又問我。在初夏的陽光下，他瘦削的臉因為勞動而顯得通紅，雙眼也射出了罕見的神采。

「沒有了，謝謝你。」我向他微微一點頭就逕自走了進去。其實要曬的東西還多著，但我不想要他幫忙，我要等他不在家時再做。

羅子初的突然向我表示友好，使我感到非常的困擾。在他家裡工作兩三個月來，我幾乎沒有跟他單獨交談過，就是見面的機會也不多；不過，在吃飯的時候，我曾多次發現過他那過於「友善」的目光。我暗暗警告自己，要小心啊！別惹上麻煩，因此，在他面前，我一向都極力保持不苟言笑，冷若冰霜的態度。他的一直沒有表示，曾使我大大放心，想不到，今天他竟開始行動了。

我很煩惱，不知該怎麼辦。他是主人的身份，我不能對他太冷淡，但是熱絡一點呢，他可能就會乘機展開愛情攻勢。如何才能做到不偏不倚，恰到好處，真是太不容易了。固然他是個君子，不會做出不擇手段的事，但我卻不能不謹慎提防。此身未分明，我是再沒有和別人談情說愛的興趣的，更何況我永遠忘不了衍棻？

炎夏來臨，羅老太太的病好得多了，於是我的工作也更輕鬆，輕鬆得使我不好意思拿她給我的薪水。

現在，羅老太太已很少躺在病床上，尤其是晚飯之後，她總是喜歡坐在院子裡納涼，羅子初也在旁邊陪著。這時，我往往藉故忙東忙西的躲在屋裡，但羅太太卻不放過，她一定要我也在她身旁。

那夜，羅子初興高采烈地拿了一份晚報出來對他嬸嬸說：「嬸娘，您已經很久沒有出去了，我陪您去看一場電影好不好？王小姐也一道去。」說著，他瞥了我一眼。

「不，」我才說了一個字就被老太太的話打斷。「子初呀！我知道你的孝心，但是，你嬸娘已不是看電影的年紀了，你和王小姐去看吧！你們年青人每天晚上悶在家裡陪我也不好，真應該出去走走哩！」

「不，嬸娘，您不想看電影，咱們就去別的地方玩。」子初像個孩子般向他的嬸嬸撒嬌。

「你嬸娘不想出去，就想坐在家裡。乖孩子，聽嬸娘的話，帶王小姐去看，知道嗎？」羅老太太推了推她身邊的侄兒。

「不，我們不想去。」羅子初和我幾乎是異口同聲地說。說完了，忍不住都笑了起來。

「不什麼？我叫你們去，這是命令！」羅老太太故意板起臉說。

「那我們就遵命吧！王小姐。」羅子初做了個鬼臉，站了起來，臉上隱隱有點高興的神色。

「羅先生，你自己去吧！我在這裡陪老太太。」我卻是面無表情。

「不，我不要你陪。你實在需要出去走走，聽到了沒有，聽話我才喜歡你。」羅老太太向我揮著手，不耐煩地說，說完了就閉起雙目，不再理會我們。

「走吧！」羅子初以目向我示意，意思是叫我不要惹老太太生氣。

無可奈何地，我穿上一雙鞋子就跟他走了出去。我沒有化妝，也沒有換衣服；一則我在這裡人地生疏，沒有人認得我，二則我也實在沒有衣服可換，兩套花布的孕婦裝，就是我經常替換的衣服了。

戲院距離家裡並不遠，而且離放映的時間也還有半個鐘頭。羅子初一走出大門，就對我說：「我們走走好不好？你看這夏日的黃昏多美！」

我無言地點點頭，心裡卻又煩又亂。是的，夏日的黃昏真美，天空散佈著絢爛的雲霞，大地上籠罩氤氳的暮靄，晚風掠過樹梢，飛鳥陣陣投林，一切都美得像幅圖畫，但我卻視而不見。

一個大腹便便的孕婦和一個和她年齡相仿的男人一同去看電影，這個男人不是她的丈夫還有誰？然而，這走在我旁邊的男人卻不是，他是我的主人。我覺得羞慚不安，這算什麼呢？

我之所以不顧身份屈就管家之職，只是為了要換取生活所需，而不是為了要陪男主人去玩樂的呀！

淚水又迷濛了我的雙眼，我在路旁站定，不能舉步。羅子初察覺了，他停下步來詫異地，問：「王小姐，你麼了？」

「請你不要再叫我小姐好不好？我又不是個小姐。」忽然間，我忍不住無禮地叫嚷起來。

「那麼我叫你什麼好呢？」他的聲音倒是挺溫柔的。「咦！你哭了，你什麼地方難過？」

「我不想去看電影，你讓我回去吧！」我背過身去，用手背擦去面頰上的淚水。

「人家都在看著你哩！讓我送你回去。」他俯身低聲對我說，然後輕輕扶著我的手肘，引我走進一條僻靜的小巷子。

「王——，啊！不，你說，我該怎樣稱呼你？」他柔聲地問我。

「我——我也不知道。啊！羅先生，請原諒我剛才的失禮，隨便你叫我什麼都沒有關係的。」我能讓他稱呼我什麼呢？張太太？不，我已失去了資格；雪鴻？那不太肉麻，太親熱嗎？我是個什麼身份都沒有的人呀！

「我可以叫你的名字嗎？」他低聲又問。在薄暮中，我仍然可以看得見他眼中急切的表情。

「不是不可以，不過，這一定得由老太太先叫起才合適。」我想了一想才回答他。

「那當然，我明白你的意思。關於你的身世，嬸娘都已告訴過我了，我覺得，我們一同去看場電影，或者去玩玩，似乎並無不便，你為什麼不願意？」

「我並不是不願意，是覺得不應該。」

「那又是為什麼呢？啊！你一定走累了，讓我們在這裡坐下來歇歇吧！」路旁有一間小小的冰店，他把我引了進去。

他要了一瓶汽水，我要了西瓜。當他默默地啜飲著汽水，我低頭切著西瓜時，我忽地想起了一件事。我對他說：「羅先生，我們回去時請不要告訴老太太說我們沒有去看電影，省得她老人家疑心。」

「是的，我也不準備告訴她，不過，這樣我們就得在這裡坐到散場的時候啊！」說著，他笑了一笑，但眼神卻是憂鬱的。

「雪鴻，請讓我這樣叫你。你剛才為什麼說我們不應該一道出去，我太不明白了，你解釋一下好嗎？」他炯炯地望著我，一臉嚴肅。

「因為你是主人，而我是個僱傭。」我只能堅持著這個理由來做我的擋箭牌了。

「雪鴻，我不許你這麼說，絕對不許！我不是你的主人，你也不是什麼僱傭。」他大聲地說，一雙黑黑的眼睛睜得很大，臉色鐵青。

「事實是如此嘛！」我存心要惹怒他。

「不是的，絕對不是！你說，我和嬸娘兩人有沒有把你當傭人看待？何況，管家也不算幫傭？」他還是那麼激動。

「你和老太太對我的仁慈，我沒齒不忘；但是，我卻無法禁止自己那麼想，而且，一個人立身處世也不應該逾份。」我硬起心腸堅持著。

「唉！雪鴻，你又何苦呢？你真不知道——，不說了。」他長長地嘆了一口氣，用手捧著額淒然不語。

我知道他咽下去的話是什麼，我早已知道了，早在我發現他那「友善」的眼光時就已知道了；但是我故意不問他，讓他沒有辦法把那些話說出來。

在難堪中時間過得特別慢，兩人尷尬地默默無言的對坐了半天，還捱不到一個鐘頭。我忍不住對他說：「羅先生，我想先回去，我可以跟老太太說我身體不舒服。」

「不，這樣反而不好，嬸娘會誤會我對你怎樣的。我們還是一起回去吧！我們說片子不好看就行了。」

他彷彿不願錯過一次和我同行的機會，看見我站起來，也就趕緊起來會了賬，跟著我往回家的路上走。天已黑，街道很暗，他一直小心翼翼地傍著我，不時得體地輕輕扶一扶我，生恐我跌跤。他的情意我何嘗不感激？然而，我心中已有了一個衍棻，又如何能再容納他人？

十

距離產期只有一個月了，羅老太太要我做的事情一日比一日少，而我也愈來愈覺得身子不便，懶得動。我想：這該是我離去的時候了，我沒有理由在這裡領乾薪的。

當我誠懇地把我的意思告訴羅老太太時，話還沒有說完，就讓老太太給截住了。

「雪鴻，你這是什麼話？」老太太有點氣呼呼的。自從我和羅子初外出的第二天起，她就改口叫我的名字了。「你也不要再提什麼辭職的話了，你就在這裡住下去，安心的生產。我的意思是，我很喜歡你，我沒有女兒，想認你做我的乾女兒，假如你答應了，你就一輩子住在這裡也沒有關係。嗯！你說好不好？你在這裡生產，有我這個老太婆給你照顧，不比一個人在外安全可靠得多嗎？」

老太太一口氣話說多了，有些氣促，我連忙走過去替她輕輕地搥著背。一面，我的眼淚已流了出來。我哽咽地說：「老太太，您對我這樣仁慈，我應該怎樣來報答您啊？」

「你要報答我，就應該改口別叫我老太太。」羅老太太伸出她枯瘦的手來撫摸著我的臉。

「乾媽！」我撲倒在老人家的懷裡，哭不成聲。

「真是我的好女兒！好了，別哭了，你看乾媽給你的是什麼見面禮？」乾媽溫柔地撫弄著我頭上的亂髮，一面托起我的臉。

我撐起身子擦去淚痕，乾媽已轉身打開抽屜取出一個小包裹來，她打開外面的手帕，裡面是個小小的錦盒，打開盒蓋，一隻翠翡鑲金的戒指裝在天鵝絨座子中。

「來，雪鴻，戴上它！」乾媽執起我的手，為我把戒指戴上，不大不小，它正合適。

「不，乾媽，它太貴重了，我不敢要。」我慌忙又把戒指退了出來。

「傻孩子，這是乾媽給你的見面禮，不收是不禮貌的呀！我告訴你，它並不貴重，是老古董了，還是我當年陪嫁的首飾哩！拿去吧！這是乾媽對你的一點心意。」

「那麼，我就謝謝乾媽了。」

老太太，不，乾媽對我的恩情，真使我刻骨難忘，我很想抱著她痛哭一場！

「今天是個好日子，雪鴻，晚上叫阿香做幾道好菜，我們來慶祝慶祝。」

「阿香做的恐怕不合您口味，我去做吧！乾媽，您想吃什麼菜呢？」我說。

「不，不要你做，你今天是客人，不准做事情的。隨便阿香做什麼就吃什麼好了。」

那天晚上，乾媽把阿香也叫來一起吃飯，四個人剛好坐滿了一方桌。乾媽和羅子初（從現在起，我要叫他羅大哥了）慇懃地向我勸酒。從那次以後，羅大哥很少和我說話，又恢復了以前的樣子，而他臉上蒼白的程度也和他的沉默成了正比。今夜，他稍稍有點不同，雙眼煥發著光輝，頰上也因酒意而現出了紅暈。

他舉杯向乾媽說：「嬸娘，這一杯恭喜您收了一位好乾女兒。」

「這一杯我當然要喝，可是，你也應該喝呀！我替你找了一個乾妹妹，難道你不高興？」

「當然高興，我喝！我喝！」他仰起脖子把酒喝乾，再度斟滿又轉向我說：「雪鴻，這一杯歡迎你加入這個家庭。」

「謝謝你，羅大哥！」我把酒杯略略沾了沾唇，對於酒，我一向是不能喝，也不喜歡喝的。

「來，來，來，大家都喝！阿香，你今天做的菜很好吃！多喝一點啊！」乾媽興致勃勃的說著，她面前那杯藥酒已去了一大半。

「老太太，你們一家今天真是大團圓。我說，要是羅先生也娶了太太，就更加完滿了。」阿香笑嘻嘻地說，她也是唸過書的，差一年就初中畢業，所以她的說話相當文雅。

「什麼？阿香，你說什麼？」阿香的話才住口，羅大哥就把臉孔湊到她的面前，狠狠地大聲問。

阿香覺得他的樣子很好玩，不覺嘻嘻地笑著回答：「羅先生，我說你應該快些娶太太。」

「廢話！」羅大哥突然臉孔一沈，一拳搥在桌子上面，把當中的一碗鷄湯震得濺了一桌。

「阿香，我警告你，以後少說廢話，少管閒事！」

阿香嚇得掩面哭了起來，我連忙扶她走進她的房間，一面勸慰著她：「羅先生喝醉了酒，說瘋話，你別理他！」外面卻聽見羅大哥又哭又笑的怪聲，我怕乾媽受驚，只好丟下阿香出去。

羅大哥真的是醉了，比刻，他已躺在一張長沙發上呼呼大睡，他的臉通紅，嘴裡噴出濃重的酒氣，完全是一個醉漢的模樣，和他一向循規蹈矩的紳士態度迥然不同。

「乾媽，大哥常常喝醉的嗎？」我問。乾媽正坐在一旁皺著眉頭嘆氣。

「沒有，他一向不大喝酒的，更從來沒有喝醉過，今夜，想是太高興了。」乾媽的眼神透露出隱憂。我也感到一絲困擾，我知道羅大哥剛才所說的並不完全是醉話。

是的，羅子初並沒有因為和我有了乾兄妹的情份而收回他對我的感情。他愈沉默，我愈擔心，因為我知道他為什麼要沉默。儘管他不大和我講話，也幾乎沒有和我單獨相處；但是，偶然和他目光相接，卻總覺得他目光中有一股火焰在燃燒，使得我心慌意亂。

在乾媽的慇懃照顧下，我的孩子終於順利地來到人間。我很幸運，在生產時沒有像一般初產婦受那麼多的痛苦；然而，當護士把那個紅冬冬的小傢伙抱來放在我身邊時，我卻哀哀地哭了起來。他是個男孩子，雖則初生兒大都皺紋滿臉像個老頭子，但我已直覺到他將來一定會像衍棻。看！他的額角多飽滿，他的眼眶多大；他的毛髮濃密，小手小腳都相當長，這一切不都是衍棻的特徵嗎？可憐的孩子！有父等於無父，你和媽媽一樣，是身份不明的啊！

乾媽坐在床邊，以為我在懷念死去的丈夫（其實還不是一樣？）；她慈祥地撫摸著我的頭髮說：「雪鴻，不要哭，當心哭壞了眼睛。你應該高興才對，你看孩子多可愛啊！」

我哭得更厲害了。這淚水中含著傷懷與感激的成分，當然也有著欣悅之情，因為我到底有了一個衍棻的孩子，即使我今生不能再見到他，但這孩子便足以代表他了。

為了孩子，我應該好好活下去，今後，孩子就是我生命的全部，我的責任是重大的。想到這裡，我不哭了，我對乾媽說：「他很像他的父親。」我知道，這時我的神情是既得意而又驕傲的。

有了個孩子，我在羅家的地位便愈發崇高起來，有時，我覺得我簡直尊貴得像個皇后。小時候，父母寵愛我的情景我已不復記憶了，那已距離我十分遙遠；如今，我竟覺得這是我第一次享受到家庭的溫暖和親人的愛顧。

乾媽像個祖母般疼愛著我的孩子；羅大哥也真像個舅舅或叔叔的樣子，有時，甚至像個爸爸，每天一下班，他總要先抱抱孩子，香香孩子的嫩頰，然後才去向乾媽問安。就是阿香對孩子也非常喜愛，一有空就要抱著他搖呀搖的，咿咿呀呀地亂哼小調。太多人對孩子的寵愛反而使我擔心了，我說：「阿香，不要整天抱孩子，這會養成壞習慣的。」

「什麼壞習慣？就算養成習慣，你怕沒有人幫你抱嗎？我們家有四個大人呀！」乾媽在旁插嘴說。

我有什麼辦法呢？人家是一場好意。

我替孩子取名憶嚴，也就是憶念父親的意思。在乾媽的照拂下，孩子長得很快，可愛而又健康。他是愈長愈像衍棻，兩三個月以後，俊秀的臉孔漸漸形成，除了我以外，全家人都叫他小潘安，這個綽號是羅大哥給他取的，每次他誇讚孩子的美貌時，也一定讚嘆說孩子的父親必定也是個美男子。他說這句話時態度是誠懇的，絲毫也沒有妒意。

十一

孩子在幸福的環繞中成長著，他會笑了，他會坐了，他會爬了，他第一顆雪白的乳齒長出來了。如果說我在羅家的地位像個皇后，那麼孩子就是個小王子，我相信世界上沒有一個孩子會像他那樣受到這麼多的愛寵。在這段期間，我似乎也真的忘記了衍棻，以為自己是羅家的女兒；除了羅大哥的眼光有時使我不安以外，我可說是什麼煩惱也沒有。

憶嚴快周歲了，早在一兩個月以前，乾媽就說過要給他大大的慶祝一番，要把所有的親戚朋友都請來，她要向大家炫耀她這個可愛的孩子。當時，我以為她說著玩的，也沒有在意。

一天午後，羅大哥上班了，阿香到街上去「蹓拖」，憶嚴在睡覺，乾媽躺在床上，我坐在她旁邊看書，屋子裡靜悄悄的，幾乎連院子中落葉的聲音也聽得見。

「雪鴻！」乾媽在喚我，聲音很溫柔。

「乾媽，什麼事？」我連忙把書闔上。

「憶嚴睡著了？」她問。其實她早已知道了的。

「睡著了。」

「雪鴻，有一件事我想問你，憶嚴的爸爸真的沒有半個親人來在臺灣嗎？」

「沒有。」我看了乾媽一眼，奇怪她為什麼忽然這樣問。

「雪鴻，你還想他爸爸嗎？」

「我——我不知道。」我囁嚅著說不出口。我不是畏羞，其實我的確不十分清楚自己的感情。

「我說呀！雪鴻，你年紀輕輕的難道守一輩子寡？你有沒有為前途打算過？」

「乾媽，您不是要把我們母子趕出去吧？」我有一點點知道她話裡的意思，故意這樣說。

「乾媽怎麼會？乾媽正想要把你們永遠留在身邊哩！」

「真的嗎？那麼我要一輩子陪著您老人家。」

「那可不好，乾媽豈不是要害了你？雪鴻，我問你，假如現在有一個男人愛著你，你願意嫁給他嗎？」乾媽那雙深陷而多皺的眼睛緊緊地盯著我，似乎在急切的期待我的答覆。在這一剎那中，我完全明白了她的意思。

「不，我不想嫁人！」我斬釘截鐵地說。

「雪鴻，不要這樣固執！我還是乾乾脆脆的說出來吧！子初在暗暗戀愛著你已將有一年，但是，這孩子太老實，不敢表示，也不敢說出口；本來，他早就求我向你說出的，不過，我覺得那時也許太冒昧一點，所以等到現在。雪鴻，不是我自吹自擂，子初的條件還不壞哩！他是個專門人材，有高尚的職業，外表不難看，年齡也才不過三十，唔，他在銀行裡還有著存款。雪鴻，你說呀！子初不會配你不起吧！」

「乾媽，羅大哥的條件當然很好，但是，我說過了，我不準備再結婚。」我低垂著眼皮，不敢接觸到老人家焦灼的目光。

「你是不喜歡子初？」乾媽的聲音變了，我猜想她的臉也板了起來。

「不是的，是因為我沒有再結婚的資格。」我急得快要哭起來了。

「為什麼？」

「因為我的丈夫並沒有死，我的身份還沒有弄清楚。」到了這個地步，我只好把一切都招認出來。

「你是說你不是個寡婦？」乾媽緊張地執住了我的手。

「不是，我是逃出來的。」我自動地把我和衍棻的結合以及後來如何分手的經過一五一十的都告訴了乾媽；到了最後，我唏噓著說不出話，而乾媽竟然也是淚痕滿面。

「雪鴻，你真是一位今世難得的堅貞女性，也算我夠眼光，我第一眼就喜歡你，怪只怪子初福薄了。唉！本來我還以為讓你們在憶嚴周歲那天成婚，來個雙喜臨門的。」

「乾媽，我對您不起！」

「別這樣說！忘了這件事吧！就當作我沒有說過一樣。嗯？你現在回到你的房間裡去好了，我想睡一會兒。」

乾媽說著就閉起了眼睛，我只好滿懷歉疚的退了出去。回到房間裡，看見睡得正香、面容像小天使般可愛的孩子，我的眼淚又流了出來。

經過了這一次談話，我明白羅家已不能待下去。現在，不單止羅子初在暗戀著我，連乾媽也開口替她侄子求婚了；他們都是我的恩人，人家看得起我才這樣做，我既然是如此不識抬舉，忘恩負義，還厚顏住在這裡做什麼？我計劃著要到別的地方去找工作。我去工作時，憶嚴可以寄在托兒所裡。

我不止一次的把我的意思告訴乾媽，每次都換來一頓罵。於是我不再說話了，我偷偷地積極進行找尋工作，準備一有去處就立刻離開。

十二

今天是憶嚴的周歲，事前，乾媽和羅大哥似乎都很興奮地在籌備慶祝；他們為我和憶嚴買了好些新衣服和玩具，還告訴我今天訂了三席酒菜。他們的海量汪涵使我深深不安，我但願來生能變為犬馬，以報答他們。

中午，是我們「一家人」自己慶祝。一個小小的生日蛋糕，上面插了枝小小紅蠟燭，擺在桌子中央；幾樣簡單清淡的小菜，充滿了「家」的溫暖。噢！這個「家」所給予我的太多了，我又能給予他們什麼呢？

乾媽笑容滿面，開心得就像自己的孫子在做生日。羅大哥也不斷歡笑地逗著憶嚴，但我發現他深深的黑眼中卻隱隱蘊藏著不安，我不知他是不是有所感觸。

午飯後，我帶著孩子去午睡，才躺下去，外面門鈴在響。阿香去應門，一會兒就走進來喊我，說有人找。

我到了羅家快有一年，從來沒有人找過我，會是誰呢？我滿腹狐疑地走出客廳，天啊！我是不是在做夢？站在我面前笑盈盈的竟是林苓。

「林苓，是你？你怎會找到我的？」我衝到她面前，立刻抱著她哭了起來。一年多以來，我離開了所有認識的人，獨個兒在陌生的環境中掙扎，好像生活在另外一個世界中，迷失了原來的自己；於今，我看到了舊日的一個好友，我告訴我自己，我不再放她走了。

乾媽和羅大哥大概是聽見我的哭聲，都從房間裡走出來了。我為他們介紹了，又急不及待地問林苓怎麼會找到這裡來的。

「你這樣急著問做什麼？分別了這麼久，你還沒有把你的情形告訴我哩！」林苓暗暗地向我使著眼色。

「哦！對了，林苓，你到我房間裡，我給你看一樣東西。」我機警地察覺到暫時不要多說話，於是裝著笑，把林苓引到房間裡。

顯然，林苓並不知我有了孩子，她一看見躺在床上的憶嚴就大驚小怪地叫了起來。

「林苓，你看這孩子像誰？」這一回，輪到我賣關子了。

但林苓卻沒有開玩笑的心情，她急躁地問：「我看不出！雪鴻，快說，他是不是你的孩子？你是不是又結婚了？」

「孩子是我的，但我卻沒有再結婚。」

「你說他是張衍棻的孩子？」

「當然啦！難道還會有別人？」

「你看，這是誰寫的字？」林苓從皮包裡拿出一封信來，急急地又問。

信封上寫著衍棻的那家保險公司的名字，收信人則只有張裏理三個字，這證明了發信人並不知道衍棻的名字。字跡是陌生的，但信封下面還有「臺中寄」三個字，我相信除了羅家以外沒有別人。信上簡單地寫著：

「張先生：

你的太太王雪鴻小姐在我們家裡，請你在本月×日到臺中市××街×巷×號相見。」

信上沒有下款，這又使我懷疑起來，如果是羅家的人寫的，何必這樣藏頭露尾？可是，除了他們又有誰知道我在這裡呢？

「林苓，是衍棻叫你來找我的？」我問。

「他也來了，我們一道來的。」

「他也來了？在哪裡？」這突然的奇遇，使我的心怦怦地跳了起來。

「在旅館裡。他不敢來，不知道你是不是已結了婚？同時也不知道寫信人的用意是什麼？怎樣？你知道是誰寫的嗎？」

「我猜是羅家孀侄寫的，但我很少看到他們的筆跡，所以認不出來。」

「算了，不管它了。雪鴻，快去看衍棻吧！他要是知道他有了個這麼可愛的孩子，不知要多高興呵！」

「可是——」

「可是什麼？」

「他還想見我嗎？我們已經離婚了。」

「離什麼婚？才沒有哪！雪鴻，你對張衍棻太不了解了，你還不知道他多麼愛你！」

「愛我？算了！他愛的是他的瑩瑩！」舊恨依然沒有消除，一想起瑩瑩，我的心就隱隱作痛。

「你這個人是怎麼搞的？事情隔了這麼久，還這樣固執！你呀！為了你這一走，害得他母子倆都生病了？」

「什麼病？」我嚇了一跳。

「張衍棻得的是心病、相思病，到現在還沒有好，你看見他就相信我的話了。張老太太的病可嚴重了，是肺癌，現在還躺在醫院裡。」

「真的嗎？」

「誰騙你？」

「那我們現在去看衍棻去。」說著，我就拉著林苓的手要走。

「去，也得等孩子醒來呀！」

「對了，我也該換件衣服，梳梳頭髮。」這時，我才想起自己身上穿的一件起皺的家常服。

「這才對呀！久別勝新婚，你得打扮得漂亮點才行。」

「死鬼！見了面就沒有正經話。喂！我再問你，你怎知道我們沒有離婚呢？」

「他告訴我的嘛！他說他絕不肯這樣做。起初，你還不知他找你找得多苦，他以為我曉得你在哪裡，就天天來纏著我問，簡直把我也急得快要瘋了。你這死鬼，還不趕快告訴我這一年來你的經過，還有，你和這一家人是什麼關係？你為什麼住在這裡？」林苓說到這裡，又壓低了聲音問：「剛才那位羅先生是不是在追求你？我看他人挺斯文的，在看著你的時候，一副含情默默的樣子。」

「死鬼！別胡扯！」我一面換衣服，一面喝止了林苓的玩笑。憶嚴在小床上轉著身子，他及時醒過來了。看見房間裡有陌生人，一點也不害怕，只是張著兩隻大大的黑眼睛，好奇地朝著林苓。

我走過去抱起他，在他臉上親著說：「小乖乖，林阿姨看你來了，爸爸也來了。」說著，熱淚就不自覺地流了滿面。自從他出世以來，儘管我無時無刻不在懷念衍棻，但是，向他提及「爸爸」兩個字，這還是第一次。可憐的孩子，我還以為他這一生會見不到自己的親生父親了。

「啊！多可愛的孩子！讓我抱一抱！」林苓向孩子伸出雙手。我把孩子送到她懷裡，孩子居然也乖乖地依偎著她。

「快擦擦臉，我們走吧！張衍棻在旅館中一定急死了。」林苓催著我說。

我匆匆挽起皮包，讓林苓抱著孩子，兩人就往外走。

客廳中，乾媽嬸侄兩人赫然端坐在沙發上等候著，臉上佈滿了焦急與惶惑的表情。一看見我們出來，乾媽就忙不迭地問：「雪鴻呀！你們躲在房裡做什麼？你的張先生來了沒有？」她這一問，也就解答了我和林苓的疑問，信是他們發的。我瞥了羅大哥一眼，他正蒼白著臉，用充滿著關懷的眼光注視著我。

我一下子衝到乾媽的身邊，蹲下來，挽著她瘦細的胳臂，無限感激地對她說：「乾媽，你對我太好了。」

「不是我好，是他！」乾媽抬了抬她的下顎，指向羅大哥。然後又說：「你還沒有回答我的話，張先生來了沒有？」

「他來了，現在旅館裡，我們正要去看他。」我站起身來，轉向羅大哥：「羅大哥，我會永遠記著你的大德的。」

「不要這樣說了。你要我陪你去嗎？我今天下午不去上班。」羅大哥溫柔地說，他的臉色還是那麼蒼白。

我望了林苓一眼，她的臉上已掛滿了問號。

「不了，謝謝你，我和林小姐去就可以了。」我說。

「那麼，請早一點和張先生一道回來。別忘了今晚的宴會是為你們而設的。」羅大哥深情而絕望的看了我一眼，我知道，從今以後，他再也不能這樣看我了。

阿香為我們叫來了一部三輪車，這善良的女孩子，也為我夫妻能夠復合而感到非常高興。

才坐上三輪車，林苓就急不及待地問：「那位老太太是你的乾媽，但我看你的羅大哥卻像在追求你的樣子。快說嘛！這到底是怎麼一回事？」

雖然我明知林苓不是那種喜歡搬弄是非的長舌婦，但她也有心直口快的毛病；為了避免在衍棻面前引出誤會，我就利用在車上短短的時間裡，把別後的情形以及在羅家的一切都告訴了她。

「想不到你這個老實人倒會遇到這些羅曼蒂克的事件，張衍棻是一次，這個姓羅的又是一次；不過，這個姓羅的就沒有張衍棻幸運了。」

這是林苓聽完我敘述後所下的評語。我沒有回答她，因為衍棻所住的旅館已經在望，我的心又開始砰砰在跳，手足也在發抖。

十三

林苓輕輕地叩了叩二〇一號房間的門，門立刻就被打開了。像做夢似的，衍棻正站在我的面前。他還是像一年多以前一樣，高大而英俊；然而，即使他背光站著，我也看得出他瘦了許多。林苓的話沒有錯！

他呆呆地站在門內，我抱著孩子也呆呆地站在門外，兩人對望著，足足有幾分鐘沒有動，也沒有說話。

「張先生，我把你的太太和孩子都帶來了，現在，我要回到我自己的房間裡去休息，你們好好的談吧！」林苓說著，又推了我一把說；「進去呀！站在這裡發呆做什麼？」

林苓走開了，我彷彿看見她用鑰匙打開了隔壁的房間，走了進去，然後又把門關上。

「雪鴻！」悠悠中我聽見衍棻這樣喊我。

我機械地走進他的房間裡，他把門關上，扶我坐在一把椅子上，俯下身來，小心翼翼地問：「林苓說他是我的孩子？」

「是的，衍棻，他是你的孩子！」到了這個時候，我已無法再控制我的感情。我一手抱著孩子，一手扯著他，忍不住就放聲大哭起來，彷彿要把一年多以來所受的委屈一下子都發洩盡。

我一哭，孩子也哭起來了。衍棻伸手把我們母子摟在懷裡，喃喃地說：「我的妻子，我的孩子，我害你們受苦了。」

他的臉貼著我的臉，忽然間，我覺得我臉上潮濕的程度超過我所流出的淚水；於是，我離開他的懷抱，從模糊的淚眼中察看他，果然他也在哭了。過去，我認為他是個冷酷無情的人，如今，他卻在我面前流淚。

我們擁抱著流淚，過了好久好久。他並沒有追問我出走後的一切，我也覺得無須急於告訴他；目前，我們已平安的在一起，這不就夠了嗎？

暮色漸漸圍攏過來了，是誰在敲門？

「雪鴻，該準備走了，你忘了羅家正在為你們設宴嗎？」林苓在外面叫著。

我把衍棻推開，叫他去開門。

林苓走進來，順手扯亮了電燈，說：「瞧你們，親熱到連電燈都忘記開了。」

然後，她又發現了我們臉上的淚痕，就說：「還哭？笑都來不及哩！你們快準備吧！羅家怕不急壞了！」

衍棻莫名其妙地望著我。

我說：「我還沒有告訴你，羅家就是我現在寄住的人家，老太太是我的乾媽，信是他們發的，他們最近才知道我和你的事，所以約你來，特意在孩子周歲這天為我們慶祝團圓。」

衍棻看了看已在床上熟睡的孩子一眼，感慨地說：「我這個做父親的真慚愧，竟連自己的孩子周歲了都不知道！」接著，他又蹙著額說：「羅家對你這樣好，我怎能空手去呢？你說，我該帶些什麼禮物去？」

「大恩不言謝，他們對我的恩德並不是禮物所能報償的，何況我們現在也沒有時間去買了，我看，這就以後再說吧！」我說。

我們僱了兩輛車到羅家去，我和林苓坐一部，另外一部，讓衍棻抱著孩子；孩子猶自酣睡未醒，在父親的懷裡，他一定有個最甜蜜的夢。

車子才到了巷口，遠遠就看見羅大哥站在門口等待著，可憐他一定急壞了。

我和林苓先下車，我對他說：「羅大哥，對不起，讓你久等了。」

「我真急，客人都來齊了，可是又不知到哪裡去找你們。」羅大哥一邊擦著額上的汗，一邊也望著已下了車的衍棻。

「羅大哥，這就是我的先生張衍棻。衍棻，羅大哥是我乾媽的侄子。」我為他介紹著。兩個男人熱烈地握著手，他們的目光在互相搜索。

「張先生，請進去吧！客人都在等著你們，我嬸娘也不知急成什麼樣了。來，小寶寶讓我抱。」羅大哥幾乎是用搶的把憶嚴從衍棻手中接了過來，就往裡面走。憶嚴這時剛好醒過來，他發覺自己被抱在「舅舅」懷中，似乎很高興；他裂開小嘴，甜甜一笑，他笑的時候，眼睛卻望著站在面前的衍棻。我發現：衍棻也在無限溫情地看著他。

大廳裡，坐滿了客人，乾媽坐在當中。她看見我們進來，好像是在呻吟般叫了一聲，然後就顛巍巍地走向我們，一把執著我的手說：「雪鴻呀！你們跑到哪裡去？我還以為你們不來了呢？這位就是張先生嗎？」

「乾媽，真對不起！你就叫他的名字吧！他叫衍棻。」

「乾媽！」衍棻彬彬有禮地向她一鞠躬。「雪鴻這些日子多蒙您老人家照顧，我真不知如何謝您。」

「好說！好說！好說！雪鴻也幫了我不少忙哩！」乾媽用慈祥的目光上下打量了衍棻一番，又對我說：「雪鴻，你真福氣！找到了這麼體面的一位丈夫，又英俊，又好人品。」說著，她竟嘆了一口氣，同時看了看她的侄子。

乾媽把我們一一介紹給在場的親友，我發現每個人都對衍棻投以讚羨的服光，心中不禁感到一陣得意。

今夜，我和衍棻及林苓做了酒席的上賓，由乾媽陪著我們，羅大哥則去周旋賓客。憶嚴更成了大家談話和讚美的中心，大家都說他漂亮，說他像爸爸。雖然沒有一個人讚美我，但我卻心安理得，毫無難過；這個漂亮的男人是我的丈夫，漂亮的嬰兒是我的孩子，這還不夠我滿足嗎？

散席後，我們陪乾媽談了好一會才回旅館。這一夜，我和衍棻幾乎沒有闔眼，我自動的把別後一切細節全都告訴了他，這裡面，我並沒有隱瞞羅子初對我的追求；我想：衍棻是明理的人，應該不會因此而不高興。

衍棻不是傻瓜，他說就是我不講他也看得出——羅子初那樣急切而關心地站在門口等候，就是一個證明。

「雪鴻，說一千次一萬次還是我對你不起，你對我這麼忠貞，而我卻是那樣該死！」在黑暗中，我聽見他用拳頭輕輕地搥打著床沿。「不過，請你信賴我，」他轉身過來握著我的手：「自從我發現你出走那一剎那起，我就知道你才是我一生一世所最愛的人。瑩瑩不過是個魔女，她用她的美麗來蠱惑我，但她的靈魂是醜惡的，不值得我為她發狂。雪鴻，你高潔的情操使我自慚形穢；今後，不知你肯不肯讓我有機會來向你贖罪？」

「衍棻，我不許你這樣說。如果說自慚形穢，那應該是我而不是你。」我用手掩住他的口。「我才不許你這樣說，一個人的外形算得了什麼？何況，我現在也瘦得不成樣子了。」他捉住我的手去撫摸他的臉，在我的指觸下，他的確是瘦多了，雙頰凹了下去，顴骨也凸了起來。

「現在我回來了，我要把你保養得又白又胖的，像隻小狗。」我萬分愛憐地說。

「你倒是豐滿了，也美麗了，」他也撫摸著我的臉說。「有人說女人做了母親會比從前漂亮的，這話真是沒有錯。雪鴻，我感謝你給我生了個這麼可愛的兒子，要是媽知道了不知會多高興啊！唉！可憐的媽！」衍棻的聲音變得哽咽了。

「衍棻，媽到底病得怎樣了？林苓告訴我是肺癌。」

「很嚴重，因為發覺得太遲，已蔓延到氣管，醫生說得救的希望不多。」衍棻的聲音很低沈。

「噢！我真是罪過！媽病成這樣，我還跑到外面來這樣久。衍棻，我們明天就回臺北去。」

「是的，我本來也這樣打算。媽看見你和孩子，說不定病也會減輕一點。」

第二天，我們到街上去買了一隻白金鐲子、一隻男用腕錶和一件衣料，便到羅家辭行。鐲子送給乾媽，腕錶送給羅大哥，衣料則是送給阿香的。乾媽流著淚不放我們走，雖然我們婉轉解釋說是因為婆婆病重，她還是堅要挽留；後來羅大哥附在她耳邊不知說了些什麼，她哭得更厲害了，不過卻答應給我們走。

臨走時，我親著乾媽枯瘦的面頰，向她保證以後一定常常來看她，但她卻冷冷地說：「不必了，你是張家的人，跟我這姓羅的老太婆有什麼關係呢？」

「您是我的乾媽呀！乾媽，您是怎麼啦？」我急了，也流出了眼淚。

「走吧！時間不早啦！」羅大哥在一旁催著，並且向我使了個眼色，於是，我明白他剛才和乾媽說了些什麼話。

他送我們到車站，我埋怨他為什麼要害我和乾媽「不歡而散」；他神情落寞地說：「天下無不散的筵席，老人家死心眼兒，我不激她幾句，她肯放你走嗎？」

「可是這樣她會覺得我忘恩負義。」我心裡還是不能釋然。

「羅先生，內人受老太太的恩太深，本來不應該這樣快就走的，但是家母病重，一定很罣我們，所以我們不得不趕回去，你回去務請再替我們向老太太道歉和解釋。」衍棻也說。

「我會這樣做的，請你們放心吧！」

林苓也向他道別並且謝他的照顧。他和我們一一握了手，然後又在憶嚴的頰上親了一親，我看見他的眼中含著淚水。

火車開動了，羅大哥瘦長的身影猶自屹立在月臺上向我們揮手。

十四

在醫院的病床前看到了婆婆，別後不到兩年，她的容顏我竟幾乎認不得了。本來就已瘦削的她，現在更加瘦得怕人，雙目深陷，多皺的臉只剩下皮包骨；才只五十幾歲的她，竟已滿頭白髮，看來就像個七八十歲的老婦人。

她蹙著眉，緊閉雙目，躺在床上，臉上帶著痛苦的表情。我抱著憶嚴，站在衍棻身後，看著這個曾經折磨過我的人在受苦，心中充滿著悽楚的感覺。

衍棻輕聲問坐在床側的特別護士說：「我母親這兩天還好嗎？」

「還好，剛打過針，才睡著的。」護士也輕輕的回答。

他們的談話竟吵醒了婆婆，她的眼睛慢慢張開了，先看了衍棻一眼，然後就停留在我身上，迷茫地、疑惑地，她不認識我了。

「媽，」衍棻坐到床沿上，俯身下去，柔聲地說：「我回來了，雪鴻也回來了，她還帶了您的孫子來。」

婆婆還是懷疑地望著我。我把孩子交給衍棻，撲到床前，哭著說：「媽，是我，我是雪鴻。」

「雪鴻回來了？」婆婆聲若游絲的說。

「是的，媽，雪鴻回來了。您看，她還帶了孩子回來，媽，他是個男孩，您的孫子。」衍棻悲悲切切地叫著。

「我的孫子？」婆婆凝滯的眼光這才落在孩子身上。

「是呀！您看，他多可愛！大家都說像我哩！」

「可惜，太遲了！」婆婆有氣無力地說著，就把眼睛闔上。

「媽！」衍棻嚇得大叫起來。

「張先生，老太太累了，請做們出去，讓她休息吧！」護士小姐站起來，作出逐客的表示。

衍棻淚流滿臉，抱著孩子和我走出了醫院。一路上，他喃喃地說著：「太遲了！真的太遲了！」

看著他那副痛苦的表情，我真不知如何去去慰他，只是笨拙地說：「衍棻，不要難過，媽會好起來的。」

他用力地搖著頭：「不會好的，一切都已太遲了，你沒有看見她已經神志不清了嗎？」

婆婆的病一直沒有起色，儘管我們天天去看她，衍棻還費了不少唇舌去解釋憶嚴的確是她的孫子，但婆婆始終沒有跟我們說過一句清楚的話。可憐的老太太，她天天盼望著抱孫子，如今真的有了孫子，卻連抱一下的福份都沒有。

這樣又捱到春末夏初，憶嚴早已會走路，會叫爸爸媽媽。這些日子，我們正在教他叫「奶奶」，他也會叫了。這一天，我們循例又帶他到醫院去探視祖母；婆婆今天氣色似乎很好，看見我們進來，臉上還露出了久未見過的笑容。

為了要博得她老人家歡心，我們把憶嚴從手中放下地，叫他到床前喊「奶奶」。憶嚴果然乖巧地照做了，雖然他對這位一直臥床的祖母還不曾建立起感情，但是，至親骨肉之間，天性會自然流露，他的叫聲非常清脆響亮。

婆婆開心地笑了，接著，眼淚立刻從深陷的眼中流了出來。「衍棻。」她悲切地叫著。

衍棻趕忙抱起孩子坐到床邊。「媽，您哪裡不舒服？」

「衍棻，我也許快要去了，我會高高興興地去的，因為你已有了個可愛的孩子。」婆婆說到這裡停了下來。

「媽，不要胡思亂想，您會好起來的。」衍棻的聲音哽咽了。

「雪鴻，」婆婆又看著我說，「過去，如果我有什麼對你不住的地方，請你不要放在心上好嗎？無論如何，我只是為了衍棻好。」

「媽，別講那樣的話，您永遠是我所尊敬的人。」我覺得我也快要哭了。

婆婆臉上露出了一絲寬慰的笑意，又轉向衍棻說：「衍棻，你那本詩集帶來了沒有？我想聽你讀詩。」

「沒有，不過，我想我背得出很多首。媽，您不累嗎？改天再讀好不好？」衍棻婉轉地說。

「我不累，你讀Shelly的“A Lament”好不好？」婆婆很有興趣的說。我很奇怪，她今天說了這麼多話竟然不累。

「好的。」衍棻點點頭又向著我說：「媽要聽雪萊的『哀歌』。」

衍棻開始唸了，他的聲音顫抖而富有表情；他一面唸，一面流著淚，我看婆婆也是老淚縱橫的。我雖然聽不懂，但這既然是一首「哀歌」，他們母子的表情又這樣悲痛，詩的內容一定是傷感的。婆婆為什麼要選這樣的詩來聽呢？我心中頓有一陣不祥的預感。

回到家裡，我問衍棻，雪萊那首「哀歌」說的什麼，可以翻譯給我聽嗎？衍棻神情抑鬱地說：「當然可以，這是一首名詩，早已有名家翻譯出來，我現在唸給你聽：

呵世界！呵人生！呵光陰！

我踏著我的殘年上登，

　看到我從前立足的地方，我渾身發顫，

青春的光榮哪時回來？

　　再也不——呵，絕不再來！

朝朝夜夜

歡欣漸漸地遠走高飛，

陽春，夏天同酷冬

使我脆弱的心兒感到悲哀，但快樂之感是

再也不——呵，絕不再來！」

衍棻的心聲激起了我的共鳴，我再也無法控制我的眼淚，因為我想像得出一個纏綿病榻的老婦人在聽到這首詩時的心境。

「啊！衍棻，這首詩太好了，可惜太悲哀！」我說。

「我以前也一直很喜歡它的，但是，在媽這樣痛苦的情況下，我真不願意去讀它。」衍棻的兩道濃眉結成了一條線。

「對不起！我剛才還要你多讀了一遍。」我不安地說。

「那沒有關係，這樣你可以分擔我心中的痛楚。」

他這句話使我感激萬分。真的，衍棻變了；若在當年，他一定會因此而鐵青著臉不理我。

十六

婆婆終於敵不過病魔的纏擾而去世了；不過，我相信她是死而瞑目的，因為她有了孫子，而且也不再認為我是個可厭的媳婦。

衍棻的哀毀逾恆自在意料之中。這麼洋派的一個人卻堅守古禮，七旬中不剃鬍子不理髮，在守制的期間，他一直單獨睡在婆婆睡過的房間內，不言不笑，足不逾戶，真是個難得的孝子。

制期過去後，他把婆婆的房間改造為育嬰室，給憶嚴睡。他自己的書房——那間以前被他視作禁地的書房，自從我歸來以後，它的門永遠是敞開著。衍棻對我笑著說，他將永遠不再關上它。

在比較空閒的時候，衍棻把瑩瑩的照片、來信以及過去的那些日記一古腦兒都搬出來，當著我的面要焚毀。我一把搶了過來，說：「衍棻，不要燒，太可惜了，這麼美的一張照片！」

「美？你不討厭她？」衍棻臉上的表情有點困惑。

「我見猶憐！」我俏皮地說。

「你不是在開我玩笑吧？雪鴻，我把過去的這些陳跡消滅，為的是要向你表示忠貞，但你卻用這種態度對待我。」他似乎有點不快。

「不，衍棻，我不是和你開玩笑。我覺得這些也是我們生命史上的紀念品，把它留著，到了老年時，拿出來看看不也挺有意義嗎？何況，我現在對你已經是百分之一百的信賴，你用不著這樣做的。」我把瑩瑩的照片抱在胸前，好像生怕被衍棻搶去似的。真的，我現在一點也不憎恨她了（本來我也不憎恨她）；相反地，我倒有點感激她，沒有她，我恐怕無法測知衍棻對我的愛情的真假。

「那麼，你要怎樣辦呢？」衍棻攤開雙手，表示無計可施。

「找個箱子，把它藏起來，放進貯物室裡。」我說。

「好吧！隨便你擺佈，反正我是不要它們的了。」衍棻無可奈何的說。接著，他就走開找憶嚴玩去了。

又過了一些日子，我覺得我似乎應該到臺中去看乾媽了。我回到臺北以後，雖然經常寫信去問候，但因為乾媽雙手已有一般老年人發抖的毛病，不能親自回信，每次都由羅大哥代筆，總覺不夠親切。從信中，我知道他們的日子很寂寞，乾媽的身體也不麼好，也就益發想去看她。

我把我的意思告訴衍棻，他不反對我去，不過他自己不願意去；一則他的公事因他在家守制而積壓了很多，不想再請假，二則他覺得他和羅家不熟稔，見了面怪別扭的，還是不去的好。

於是，我獨個兒帶著憶嚴，還帶了一些臺北的名產，坐上南下的火車。孩子已稍稍懂事了，在火車上東張西望，又跑又跳，高興得什麼似的。他活潑的舉動，俊美的外型，贏得了滿車搭客的注意；大家都說：「這位小弟弟真漂亮！」有些女太太們還要把他拉到懷裡去摸他的面頰。我含笑觀察著這一切，內心充滿著做母親的驕傲。同時，我也不免感觸萬千，兩年多以前，我是個偷偷離家的少婦，憂傷、孤苦、無依；如今呢，我有一個可愛的丈夫和和可愛的孩子，被幸福環繞著，一切一切是如何的不同呵！那個一直在作祟著我的可怕的夢魘已成過去，現在，陽光高照，碧空無塵，周遭的形體都是真真實實的，我再也用不著懷疑自己是不是在夢中。

羅家嬸侄狂喜地迎接我們母子，一進門，憶嚴就被他的「舅舅」搶著抱了過去；乾媽則是拖著我在一旁一把眼淚一把鼻涕的絮絮訴說她對我的想念以及她的病。

分別了才幾個月，乾媽似乎更瘦了，也更老了。看著她那多皺而黃黑的面孔，我想起剛死去的婆婆，不禁一陣心酸，也陪著她滴下了眼淚。

「乖孩子，別難過，乾媽看見了你就高興了，還哭什麼？」乾媽反而先安慰我起來。

「乾媽，我走後您為什麼不找個人來服侍呢？看，您瘦成了這個樣子！」我撫摸著乾媽枯瘦多骨的手，心疼地說。

「唉！你不知道，曾經滄海為難水，在這個世界上再也不會有一個人能像你那樣會服侍我的了。」乾媽慨嘆著說。

「那麼我長住在這裡，伺候您。」我說。

「那怎麼可以？你自己也有個家。」

「乾媽，那我把您接到臺北去住好不好？」自從去世以後，我就有這個意念，只是怕衍棻反對，一直不曾提出。現在，乾媽既然這樣需要我，我想接她去小住是絕對無妨的。

「你想，你丈夫會不會不歡迎我？」乾媽沉吟著這樣問我。

「不會，不會，他不是那種人。」我很有信心地說。

「可是，子初怎麼辦呢？」乾媽望著她的姪兒，好像準備永遠離開他的樣子。

「羅大哥也一道去。」我只好這樣說。

「不，我要上班，走不開。」羅大哥說著又轉向他的嬸娘：「嬸娘，您真是，我又不是小孩子，您不放心什麼？何況，您又不是去個一年半載，愁什麼？」

「好，好，我還沒有決定去不去，再說吧！」

那天晚上，我和憶嚴又睡在原來的房間裡，一切陳設都沒有變動，乾媽說這是為了歡迎我隨時回來。

第二天，當我們正在圍桌午飯時，出乎意料的，衍棻竟不速而至。我們都不禁錯愕萬分，以為出了什麼意外的事，尤其是羅家嬸侄，我看他們面色都變了。

「還沒吃過飯吧？叫阿香加點什麼菜，雪鴻，告訴我，他喜歡吃什麼。」乾媽緊張地說。

「乾媽，別忙，我已經在車上吃過了。」衍棻輕鬆地說，就在一旁坐了下來。

「可不要為了騙我們而餓壞了肚子呵！」羅大哥也故作輕鬆。

「不會的，我可沒有這麼笨。」衍棻笑著，點起了一根香煙。

「衍棻，你麼忽然間想到要來的？」我忍不住問他。這時，憶嚴已離開飯桌，跑到他爸爸懷裡去了。

「想你們嘛！」他又笑著說，並且在孩子的臉上香了一下。

「胡說。」我被他說得很不好意思，臉也紅了。

「雪鴻呀！你有一個這樣好的丈夫，恐怕不能在乾媽家裡多住了。」乾媽聲音顫抖的說，她現在變得多麼的多愁善感呀！

「乾媽，別聽他胡扯！」我只好這樣說。

「他是真心的，絕不是胡扯。」乾媽又說。

「乾媽，您別多心，我是說著玩的。」一直笑嘻嘻的衍棻接口說。「乾媽，我是有事來的，為您而來。」他的面容變得一本正經起來。

乾媽和羅大哥幾乎是異口同聲的說：

「什麼？為我而來？」

「什麼？為我孀娘而來？」

「是的，我為乾媽您而來，只怕您和羅大哥不答應。」

「到底什麼事嘛？快說！」這次，連我在內，是三人異口同聲了。

「我想請乾媽到我們那裡去住一個時期。」衍棻的眼睛急切地望著乾媽。

「哦！原來是這樣！」我們三個人一齊寬了一口氣。

「衍棻，謝謝你的好意，這意思剛才雪鴻已向我提過了，我說我考慮考慮看。」乾媽此時又沉住氣了。

「乾媽，您別考慮了，就答應吧！」我乘機的說，一面不禁用感激的目光望著衍棻。

此刻，他正深情款款地看著我，似乎在向我，也似在向眾人，卻更似喃喃自語的說：「昨天晚上，我下班回家，你們母子都不在，屋子裡空虛得可怕，我孤獨地坐在房間內對著母親那張放大的遺像發呆，感到從來不曾有過的寂寞。忽然，我想到：我雖然失去了母親，但雪鴻不是剛得到了一位母親嗎？我為什麼不把雪鴻的母親當作我的母親呢？於是，我就這樣地趕來了。乾媽，您肯答應嗎？還有，羅大哥，你會不會說我們自私？」

「衍棻，我答應你，假如你們真的需要我。」衍棻的話感動了乾媽，她回答得很乾脆。

「衍棻兄，你放心，我絕對慷慨地讓出我的嬸娘。」羅大哥還是故作輕鬆地說，但他的眼神中卻流露出無限抑鬱。

「子初，我不會去很久的。我多年沒去過臺北了，難得他們夫婦一片好心，我想去玩幾天，也許對我的健康有好處。」乾媽像哄小孩似地對她的侄兒說。

「嬸娘，您怎麼啦？我又不是三歲小孩。」羅大哥卻有點不耐煩了。

乾媽沒有回答他，卻把嘴巴湊在我耳邊悄聲地說：「子初太寂寞了，你有沒有女朋友可以介紹給他？」

「乾媽您放心，都包在我的身上。」我也小聲的回答，不知怎的，我一下子就想到了林苓，雖然我不知羅大哥對她印象如何，但我記得林苓對他是頗有好感的。但願能替他們撮合，也可減少我一點心靈上的負擔。

我不經意地瞥了羅大哥一眼，他正臉紅紅地望著我們，彷彿知道我們在講他。

「羅大哥，我的意思是請你也去玩幾天，舍下地方雖小，還夠招待兩三位客人的。」衍棻開口了。

「好的，以後有機會我一定去拜訪你們，這幾天公事較忙，走不開，就讓嬸娘和你們一道去！」羅大哥回答得很婉轉，不說去，但也不拒絕。

我藉著機會就說：「你這幾天公事忙，我們可以等你一道走，讓衍棻先回去就行。這是第一次，你一定得陪著乾媽，以後嘛！就隨便你來不來好了。」我想，只要他這次來了，我找林苓來大家玩幾天，要是他們彼此有意思，以後還怕他不來？說不定還會不請自來哩！

我急切地望著羅大哥，等候他的答覆；他的瘦臉上佈滿了又似惶惑又似興奮的表情，正在抓耳搔腮的，顯出為難的樣子。

「子初，還猶豫什麼的？人家一片好意，你就答應算啦！」乾媽在一旁催促著他。

「這——」他還是遲遲疑疑的。

「好，一言為定！雪鴻在這裡等你們，我下班車就回去。老實說，我還不是有一大堆公事在等著處理？」衍棻站起身來，走到羅大哥身邊，伸手和他相握。

羅大哥還是不肯說「好」，乾媽在一旁說：「衍棻，就這樣決定吧！你別理他了，他這個人一向就是這樣不乾脆的。」

十七

林苓穿上新娘紗真美！她含笑挽著羅大哥的臂膀，跟著樂聲，緩步走向神壇。他們的身後跟著個小男孩，不，不是男孩，是個長著翅膀的小天使，光著又白又胖的小身體，多可愛！真想去抱他一抱。啊！我說這是誰，原來就是小憶嚴，他什麼時候長了翅膀的，我為什麼會不知道？

好像有誰在向我招呼，是坐在那邊來賓席上的衍棻，他穿著一身燕尾服好俊！他的身旁坐著婆婆和乾媽（不，我現在在要稱「媽」了，自從她到了臺北以後，我們就開始改口稱她「媽」。）兩位老人家都是春風滿面的，有說有笑。阿香和徐媽，都打扮得漂漂亮亮的坐在一旁觀禮；此外還有很多我不認得的客人。

我正在走向衍棻那邊時，小憶嚴忽然不小心踩在新娘身後曳地的長紗上而絆倒了。他沒有哭，一骨碌就爬起來，來賓們大聲的笑著，我也因為覺得有趣而笑出了聲音……

「夢見了什麼？這樣好笑？」一個極稔熟而溫柔的聲音在我的身邊發出，衍棻伸手過來輕輕撫摸著我的面頰。

我睜開眼睛，陽光滿室，天已大亮了，我昨夜睡得真酣。

「我夢見憶嚴變了小天使，真好玩！」我還在笑。

「你今天真美！再笑給我看看。」他無端端地這樣說。

「你這人真莫名其妙！我在說夢，你卻說這些。」

「真的嘛！難道我覺得你美，也不准說？」

「我還夢到別的，要不要聽？」

「要聽。」

「我夢到林苓和羅大哥結婚。」

「真是日有所思，夜有所夢；不過，我想這個夢大概也快可以實現了，他們不是已很親熱了嗎？」

「嗯！我還夢到你的母親。」

「噢！真的嗎？她老人家怎樣了？」衍棻突然緊張了起來。

「她老人家好極了！滿面春風的，和媽在一起談笑風生。」

「你這夢還不錯，合乎理想，要是能變成真的就好了。」他似乎有點感慨，我知道他又在懷念他母親。

「笑話，什麼叫合乎理想？難道夢也可以選擇的嗎？」

「要是能夠選擇的話，那麼我在夢中都要和你在一起。」他把臉湊了過來，情意綿綿地說。

我惕然而驚，想到了新婚時那些無數次或真或假的夢魘；事情雖然已成過去，但痛定思痛，我至今猶有餘悸。

「怎麼不說話了？」他輕輕搖撼著我。柔聲地問。

「我好像聽見憶嚴在叫我。」我騙他。

「我麼沒有聽到？」他果然把耳朵豎起來。

是母子間的精神相通？還是巧合？就在這一瞬間，我們都聽見憶嚴在育嬰室中傳出嬌嫩的聲音來了：「媽媽！媽媽！」

「真的，你聽，憶嚴醒了。」我掙脫了他的懷抱，跳下床，奔向育嬰室。軟底拖鞋踏在厚厚的地毯上，沒有半點聲音，我覺得自己輕盈得像個樹林中的小仙女。

小憶嚴早已坐在床上等候著我。他的大眼睛明亮無比，雙頰嫣紅，小嘴綻開了最甜美的笑意。他雖然沒有長出翅膀，但豈不是比小天使還要可愛？

我一把抱起他，連連吻著他的面頰，他胖胖的小手臂也緊緊地挽著我的脖子。

像每個早晨一樣，我把他抱到他爸爸的身邊去。

我欲問青天

我坐在圖書館裡整理筆記。暖暖的秋陽從窗外曬進來，暖暖的秋風吹拂著我的髮絲和面頰；昨夜幫爸爸抄寫文件，很晚才睡，此刻，我的眼皮逐漸重起來，腦子也有點昏沉沉地不聽指揮。啊！假使我能丟下書，仆在桌子上打個盹兒多好！

「喂！看你快睡著了！我們出去走走好不好？」坐在我旁邊的小胖輕輕推了我一把。

「也好！」我半閉著眼睛，一面收拾桌上的東西。

兩個人走出了圖書館，晴朗的天空藍得耀眼，金色的陽光罩滿了大地，十一月的秋風暖得使人渾身舒適。站在臺階上，眺望著遠處的青山綠樹和巍峨的校舍，我不再睏了。每一次置身在這所美麗的校園中，我就有幸福的感覺；但是，我的幸福能維持多久呢？真不敢往下想。

「走！呆呆地站在這裡幹嗎？上二號去！」小胖又推了我一下。雖然上了大學，她還是改不了中學生的口頭禪，一天到晚「一號」、「二號」的不離口。（按：中學女生稱廁所為「一號」，福利社為「二號」。）

「算了吧！你真的想突破六十大關嗎？」我笑著說。可憐的小胖在高中畢業時是五十五公斤，經過一個夏天的「保養」，又增加了三公斤；可是，貪吃的習慣還是改不了。

「不管！反正我是沒有人要的。」她可憐兮兮地說著，就用力把我拉下臺階。

「小胖，我不餓，你自己去吧！」我極力想掙脫她的掌握；然而，我瘦小的手握在她厚而多肉的手掌內，休想動彈分毫。

媽媽每個月只給我十塊錢零用錢，這還是上大學以後才享有的權利，我上中學時，還有弟妹妹他們都是沒有零用錢的。這十塊錢我必須很慎重的分配才夠用，因此我最怕小胖找我上福利社，我沒有錢請她，可是又不願意老是被她請。

像對待犯人似地，小胖一直把我押到福利社，找了一張空桌子坐下。在校園裡，在福利社中，我們都是最不受人注意的一對。小胖是個不漂亮的胖姑娘，我是個又瘦又小的醜小鴨；最重要的是，小胖不會打扮，而我則是沒有好衣服穿，而且還留著一頭清湯掛麵。別的女孩子，打從畢業那天起，就全都燙了頭髮，穿上半高跟的鞋子了。

「露苓，你要吃什麼？」小胖問我。

「我要一碗綠豆湯，」每次，我都是挑最便宜的東西。

但是，小胖不由分說的又叫了一盤西點來，她一面喝著汽水，一面把大塊的蛋糕往嘴裡送，讓奶油沾滿了嘴唇；當然，她也沒有忘記塞一塊到我的手裡。

我聽說過有人因為失戀或者失意就用吃來彌補的事實，小胖還只有十八歲，又沒有鬧過失戀，難道只為了「沒有人要」就要這樣的吃？人生的目的為什麼？求學的目的又是為什麼？為什麼一定要「有人要」？我才不這樣想哩！我將來一定不給人家「要」，我只希望能夠好好把學業完成，畢業後做個教師或者公務員，減輕爸爸的負擔，於願足矣！

小胖吃飽了，起身去櫃檯付賬，我只好訕訕地跟在後面，因為我知道自己小錢包裡的錢絕對不夠付，也就懶得跟她爭。

當我們經過文具部時，我聽見有人在叫「江露苓」，我以為是同學叫我，看看那些「食客」，全都在埋頭苦幹，並沒有人看著我。正在納悶時，又有人在叫了：「江露苓！江露苓！」聲音是輕柔的，帶點慌張的，也是陌生的。

循著聲音來源望去，文具部的櫃檯後面，那個售貨員正在向我微笑。他上身靠在櫃檯上，又問：「江露苓，你還認得我嗎？」

我叫小胖先走，然後行走櫃檯。那個有著一張方正臉孔的青年人看來的確有點臉熟，但是我想不起他是誰。

「你是——」我訥訥地問。

「我是方國偉啊！我們在西門國校同過學，你不記得我了？」他臉紅紅地，帶著點靦覥的表情在介紹自己。

「哦！你就是方國偉！你長得這樣大，我怎麼認得你呢？」現在我記起來了，方國偉就是在小學時坐在我後面的男生，他是個很平凡的孩子，所以我對他一直沒有什麼印象。

「你這樣說好像你就沒有長大似的，其實你變得才多哩！不過我還是認得你的。」他笑著說，露出了一口整齊潔白的牙齒。

我正要問他為什麼會在這裡時，小胖已付了賬回來，我匆匆跟他說了聲「再見」，就跟小胖走出了福利社。

「你認識那個人？」小胖問我。

「他是我小學的同學。」

「在這裡當店員，真沒出息！」小胖從鼻孔裡哼一聲。「不過，以後我們去買文具就可以便宜一點了，也不錯！」

小胖真是有點貪小，別瞧她一個月可以拿到五百元的零用錢，買東西能夠便宜個一塊五毛的，她的小嘴就裂開來嘻嘻笑。方國偉賣東西給我們可闊氣哪！有的時候買一送一，有時只收半價，這把小胖簡直樂得兩隻小眼睛彎成了細縫。

我向方國偉買東西的次數沒有小胖多，除了必要的筆記本，我難得光顧他一次，倒是小胖三天兩天的就要我陪她去買一次。有時，我看方國偉對我們優待得太過了，就忍不住說：「方國偉，你這樣做不怕捱老闆罵嗎？」

「啊！你用不著擔心，我們無所謂老闆不老闆。這是我和一個朋友合資經營的，只要不虧本就行了。」方國偉臉紅紅地向我解釋。

「啊！那麼你就是老闆了，你好有辦法！」小胖在一旁大驚小怪地叫了起來。

「哪裡？」方國偉的臉更紅了，在傻愣愣地笑著。

「方國偉，你為什麼不上學呢？」我提出了一直懸在心裡的疑問，他既然有錢做生意，總不至於沒有錢上學吧？

「我不是一塊讀書的材料，我知道。初中聯考我考過的，結果連最後的志願都沒有錄取，於是，我就認命了，自己讀不來，何必糟蹋學費和時間呢？」方國偉坦然地在小胖面前承認他只有國校畢業的程度。

我很慚愧，也很驚訝。我自己一天到晚夢想著那頂學士帽，讓爸爸一個人辛辛苦苦地支撐全家；但是，卻有人不把求學當作一回事，輕輕易易就把它放棄。

看見我和小胖都不說話，方國偉靦覥地望著我們說：「我只是一個小學生，你們兩位會瞧不起我嗎？」

「方國偉，這是哪裡的話？」我連忙這樣回答。小胖也加了一句：「你現在已經是老闆了，不是比我們當學生強嗎？」

「好說！好說！」於是，方國偉又臉紅紅地傻笑起來。

期中考快到了，我在學校的大部分時間都躲在圖書館裡準備功課，很少跟小胖一起，更沒有陪她上二號去。

考到最後一節時，我很早就交卷，輕輕鬆鬆地跨出教室，打算回家去。走到校門外，卻看見方國偉獨自站在圍牆下，一臉焦急的樣子。我正想跟他招呼，他已先開了口：「江露苓，你那個同學陳小姐還沒有考完吧？」

「我是第二個交卷的，我出來的時候她還在抓耳搔腮哩！恐怕沒這麼快。怎麼？你要找她？」

「不！正好相反。江露苓，我有話要跟你談，我們找個地方坐坐好嗎？」他的眼睛一直望著校園內，好像怕給人看見似的。

「不能在這裡談嗎？」

「不能！我們快走吧！等一下陳小姐出來就糟了。」方國偉說著就開步走了，我只跟在他後面。他回過頭來又對我說：「我們坐車到城裡去吧！省得在這裡給你的同學碰見，說你跟一個店員在一起。」

「方國偉，你今天真太奇怪！為什麼老說一些莫名其妙的話呢？」我跟在他後面說。

他沒有答話，逕自走向公共汽車站。

公共汽車把我們載到西門鬧市。這時，他才跟我並肩而行。他領我走進中華路的一家小館子，露出慣有的尷尬微笑對我說：「時間也差不多了，我們就在這裡邊吃晚飯邊談吧！好嗎？」

反正已跟他進來了，有什麼好不好呢？我倒很想聽聽他要跟我說些什麼，神秘兮兮的。點過了我們要吃的東西，我就急不及待的問：「方國偉，到底有什麼事嘛？快點告訴我好不好？」

「你那位同學小胖，啊！不，陳小姐，」他遲遲疑疑、結結巴巴地說。「你說她到底是一個怎樣的人？」

「她嘛？一個貪吃的、懶惰的、胸無城府的胖姑娘，如此而已！」我毫不思索就回答。

「胸無城府？不見得吧！她——」方國偉欲言又止，一張方臉脹紅得像一塊煮熟了的螃蟹殼。

「方國偉，你怎麼啦？說話結結巴巴的，我不要聽了。」生平最恨人講話轉彎抹角，我簡直有點忍受不住了。

「好，好，我說。」方國偉低著頭，彷彿是個十七八的大姑娘。「我——我恐怕陳小姐表錯情了，她一天跟我買兩三次東西，還約我去看電影。」

聽完了方國偉的話，我忍不住放聲大笑起來。我一面笑一面說：「好呀！原來小胖也情竇初開了。這不是很好嗎？你答應了沒有？」

「我答應了為什麼還要跟你說？江露苓，想不到你的心腸這樣狠，人家把心事告訴你，你還要取笑人家。」方國偉臉上的紅暈消失了，變成了鐵青色，大眼睛狠狠地瞪著我，把我嚇了一跳。

「我沒有取笑你，我只是覺得好玩嘛！」我怔怔地說。

「我可不覺得好玩，我怕她一直歪纏下去。江露苓，你得幫我的忙。」

「我怎能幫你呢？同時，我也不明白你為什麼不喜歡小胖，她心地滿善良的。」我一箸一箸地慢慢挑著碗中的麵條，心頭感到很沉重。

「這一點，我們不必談。我只問你，你肯不肯幫我忙？」方國偉的大眼睛忽然深深地看著我，好像透視到我的靈魂深處。以前，他從來不曾這樣看過我的。

「你要我怎樣幫你呢？」我避開了他的視線，低頭喝了一口麵湯。

「你假裝做我的女友。」方國偉說著，臉又變紅。

「不，我不能這樣做，這樣小胖會以為我跟她搶愛人，那太使她傷心了，」我毫不考慮的一口回絕了。

「你只怕她傷心，就不怕我傷心？連假裝都不肯？」紅臉忽然變成了慘白，他放下了筷子。

「方國偉，對不起！我不能這樣做，你叫我幫別的忙吧！」我堅決地搖搖頭。

「沒有考慮的餘地？」

我又搖搖頭。

「好吧！你不肯幫忙，我自己想辦法。」方國偉咬著牙，露出了堅毅的表情。「你再吃點東西吧！吃完了，我送你回去。」

我沒有讓他送我。我既然沒有幫他的忙，就不想跟他有更多的接觸；否則，弄假成真，使小胖發生誤會，我的罪名就洗不清了。我不明白方國偉為什麼不喜歡小胖，想起了小胖常說「反正沒有人要」這句話，我就為她難過。

為了避嫌，我幾天都沒有上福利社去。這些日子小胖好像也很消沉的樣子，整日咄咄書空的，失盡了往日的活潑。有一天，我發現她一個人躲在圖書館後面的牆角邊哭泣。

我嚇了一跳，連忙走過去問她什麼事。我站在她身邊，足足問了十幾次，她只是搖頭，怎樣也不肯回答。於是，我明白了，這件事一定跟方國偉有關。

我匆匆趕到福利社，找到了方國偉，劈頭就問：「方國偉，是不是你把小胖欺負了？」

方國偉扭曲著臉，露出一副無可奈何的表情。他那個偶然來一次的合夥人卻嘻皮笑臉地在旁邊插嘴說：「那怎能算是欺負呢？我只不過對那個小胖妞兒說，方先生快要請我們喝喜酒了，他的準新娘苗苗條條的，好漂亮啊！她就面色慘白的走了。我們沒有欺負她吧？誰叫她自作多情呢？小方？你說是不是？」

看著他那副油腔滑調的樣子，恨不得走過去賞他兩個耳光。我恨恨地瞪了那個人和方國偉一眼，就氣沖沖地離去。好幾天，我心裡都像梗塞著一塊大石頭似的那麼難受。我可憐小胖，也同情方國偉，愛情竟是這樣使人痛苦的一回事麼？現在，我不禁為自己慶幸了，我從來不曾像一般女孩子那樣夢想和渴望愛情過，現在沒有，將來也不會；我對男孩子一點也不感到興趣，我將來不要結婚，我要把我的全副身心獻給教育事業。

失戀後的小胖變得更貪食了，她變本加厲的吃得更多，幾乎每一節下了課都要往福利社跑。她不但恢復了以往的活潑，甚至活潑得過了份，變得了有些十三點。我冷眼旁觀，知道她想讓方國偉知道她不在乎；但是，可憐的小胖，她真的不在乎嗎？不，她在乎得很！我聽得出，在她的笑聲中隱隱藏著哭聲；我看得出，在她彎彎的小眼裡，透露出痛苦的神色。她不再光顧文具部了，沒有一個女孩子會勇敢得敢跟「遺棄」她的愛人面對面談話的。

寒假來了，我暫別了那所美麗的校園（啊！但願這只是暫別而不是永別，我對我求學的命運老是懷著恐懼之心的），回到家裡。每天，我拼命地幫爸爸抄寫，幫他改領回來的卷子，到了深夜，我們父女兩人猶對坐燈下，埋頭疾寫，沒有人開口講一句話，只有鋼筆在紙上沙沙作響。抄累了，爸爸就會摘下他的老花眼鏡，揉揉發紅的眼睛，強裝笑臉對我說：「去睡吧！露苓，今天差不多了。有了你的幫忙，這個月的成績很好，看來你的下學期的學費有著落了。」說著，他拍拍我的肩膀，走進了房間。

望著爸爸佝僂的背影，我難過得直想哭，我很想跑過去抱著爸爸的雙腿，告訴他以後不要再在晚上抄寫，為一家人賣命了，我不要再去上學，我要去做店員、車掌……甚至下女，爸爸老了，我不能再讓他這樣辛勞。但是，我沒有這樣做，一股強烈的求知慾驅使著我，我必須尋求更高的學識：我多讀一些書，不是也可以多賺一點錢嗎？我這樣做並不算自私啊！

也許是天意如此吧？我的恐懼竟然實現了。就在過年的前幾天，大弟忽然患了急性盲腸炎，他這場病，剛好把爸爸準備給我拿去註冊的一千元花光了。

爸爸用一雙失神的、無限歉疚的眼光望著我說：「露苓，你只好暫時休學一個學期了，我已經沒有地方可借。」

到了這個時候，我反而不悲哀了。我咬著嘴唇對爸爸說：「爸爸，您不必為我難過，我不準備再上學了，等過了年，我就去找工作。」

「傻孩子，你說什麼嘛？下學期爸爸就會為你想辦法的，這次只是不巧碰到你弟弟生病罷了！」

人逢絕境往往會產生堅強的力量，我遇到這個突然的打擊居然沒有哭，就是這股力量在支持著我。

由於大弟的病，我們一家這個年過得黯淡極了。想不到的是，方國偉居然在大年初一到我們家裡來拜年，他帶來了大籃的蘋果橘子和一盒外國糖果，引得饞嘴的小弟弟小妹妹直在他身旁打轉。

也許是有感於「貧居鬧市無人問，富在深山有遠親」吧，爸爸媽媽對這個第一個來拜年的客人極有好感。尤其媽媽，當她知道他是我小學時的同學以後，就像遇見了親人似的，竟然絮絮叨叨地向他訴起苦來，還把我下學期將要失學的事告訴了他。

方國偉本來是個相當害羞，也不大會說話的人；奇怪得很，他在陌生的爸爸媽媽面前居然一點也不怯場。他很用心地聽完了媽媽的話以後，很得體地安慰了她幾句，然後就對我這：「江露苓，我今天來就是要告訴你，我們那個文具部賺了一點錢，我和我的朋友準備外面開一家比較大的文具店，下學期不到你們學校去了。」說到這裡，他頓了一頓又說：「至於你的學費，你用不著擔心，我有，我可以借給你。」

我的心在狂跳著，但是，在表面上，我裝得狠淡然的說：「謝謝你的好意，方國偉，我想放棄我的學業了，我寧願出去找工作。」

「江露苓，我知道你求學的心勝於一切，放棄了可惜呀！我只是借給你，你將來還給我就行。我們是多年的同學，你何必見外呢？」

多年的同學？多可笑的一句話！我只記得我們在六年級時是同班的，但是我們好像連話都沒有說過哩！只是，如今面前的他，眼神是多麼懇切！笑容又是多麼淳樸！我忍心拒絕他嗎？他只是借給我，我不會欠他什麼的。答應他吧！答應他吧！我在心裡這樣叫著。答應了他我又有資格回到我夢寐難忘的最高學府裡去了。

我躊躇著，無言地望著爸爸媽媽，爸爸媽媽也無言地回望著我，因為他們到底不方便為我決定。

「伯父伯母，你們就答應我吧！這只是同學間應有的義務，算不了什麼。」方國偉把目標轉移到爸爸媽媽身上。別瞧他只受過小學教育，談吐倒不算俗哩！

「我們還是讓她自己決定比較好。」爸爸說。

「可是，我不知道什麼時候才能還給你？」我說。

「那有什麼關係？我又不缺那一點點錢，你什麼時候有，什麼時候還給我好了。」方國偉笑了，笑得那麼開心，方臉上展開一片紅褐的健康之色，白牙閃閃，目光澄澈，看來他似乎是個全無憂慮的人，使我不勝羨慕。

我在心中暗暗罵自己，念什麼書呢？書念得愈多，煩惱也愈多，像方國偉那樣，年紀輕輕的就當起老闆來，自食其力，無拘無束，多麼幸福！

儘管我心裡這樣想，我還是接受了方國偉的借款，並且暗暗感謝上蒼使我有機會再「拖」一個學期。至於再下一個學期的命運，我就不敢預測了。

自從文具部易主以後，看不到使她傷心的人，小胖的心情似乎好了一點，一切也正常了一點；就是她好吃這一點改不過來，如今，她真是已經超過六十公斤的大關了。儘管她現在已不好意思再在口頭上嚷「沒有人要」，但是我已看出她心中的焦急。至於我，我是從來不焦急的，我不要給人「要」，我不是已經說過了嗎？我不需要愛情，我要獨身一輩子。

方國偉現在是我家裡的常客了。每次他來，最歡迎他的是弟弟妹妹們，因為他既會跟他們玩，又會帶東西給他們吃。媽媽也很喜歡他，因為他有耐心聽她訴苦，有時還替她修理修理一些破爛東西。爸爸對他無所謂，反正爸爸是個不愛講話的人，誰來也不大開口的。至於我，只對讀書有興趣，不願把時間浪費在閒聊上，反而不大歡迎他來；不過，方國偉是很知趣的，他來了並不要我陪他，他說他可以跟弟弟妹妹玩，也可以跟媽媽談天，我儘管去做自己的事好了。他這麼一說，我又覺得自己太自私而不安，我接受了他的幫助，而又處處只為自己設想，這麼對得起他呢？

一個星期日的下午，方國偉在我們的小客廳裡跟弟弟下象棋。收電費人來了，家裡的錢不夠，媽媽就叫那個人下次再來。方國偉聽見了，連忙說：「江伯母，我這裡有，您先拿去用吧！」

媽媽也沒有推辭，就拿他的錢付了電費。事後我埋怨媽不該這樣做，媽卻很輕鬆的說：「這有什麼關係？我們又不是不還。」

雖然爸爸在方國偉下次來的時候就把錢還了，但是媽媽卻養成了向方國偉借錢的習慣。每次手頭不便時，一看見方國偉來便好像遇到救星一樣。

那年的暑假，我本來計劃著要利用漫長的四個月去找一份臨時工作，好賺一些錢作為下學期的學費的；可是，我的運氣太不行了，我天天在烈日下跑，跑了半個夏天，依然一事無成，大多數是人家嫌我沒有經驗。

我沮喪了，失望了，深深感到自己的無能，同時也開始為下學期的命運擔憂。今年多了一個上中學的妹妹，又增加了一筆教育費，這筆龐大的開支，又豈是爸爸所能負擔得起的？

有一天我開玩笑地跟方國偉說：「方國偉，你現在是老闆了，我需要工作，去給你做店員好嗎？」

「啊！使不得！使不得！這豈不是要折煞我了嗎？大學生要給我當店員。」方國偉認真而惶恐的擺著手。

我以為他是在客氣，也就認真的說：「我這破大學生，到處都找不到工作，你真的肯用我嗎？」

「不，江露苓，你為什麼要委屈你自己呢？你是個讀書人，不是個做生意的；怎會想到去當店員？何況，我們那間只是個小店鋪，根本用不著請店員的。」他急急地說著，樣子緊張得很。

「可是，我要讀書，我想自己賺一筆學費。」我大聲的叫了起來。

「那麼，這樣吧！我聘請你做我的家庭教師，你教我讀英文好不好？」

「真的嗎？方國偉，你太好了！」方國偉這樣善體人意，知道我寧願當老師而不願當店員，我真的開心得想撲過去抱住他。

「你且慢高興，我這個學生也許笨得很啊！」方國偉微微的笑著，臉孔又脹得通紅。

我真是開心死了！方國偉要我天天給他補習，答應一個月給我五百元的薪水。只要上兩個月的課我註冊的錢就夠了，鈔票真是萬能！誰敢說它不可愛？

方國偉的話沒有錯，他的確笨得很。也許這個年紀已經不容易去學習新的語言了吧？光是教他學廿六個字母的發音就使我大為光火，他的舌頭、牙齒、嘴唇全部都不靈活，幾乎沒有一個音發得準。

每當我教得快要發脾氣時，他就會笑笑的說：「老師，今天算了，我請你出去看電影消消氣吧！」

就這樣，我輕鬆地當了他三年家庭教師，也因此而得以完成我的大學教育，並且負擔了一部份弟妹們的教育費。而他的英語程度，還始終停留在初中二的階段，發音也始終不準確，真不知是我這老師低能還是他笨？

我的大學生涯過得很平靜，也很平淡，到畢業為止，還沒有男孩子「要」我。小胖在讀完大二時就休學了，因為一個中年商人願意娶她，條件是結了婚就到美國去。關於小胖的

「下場」，居然有許多女同學表示羨慕，我真不明白，難道這些人的人生最終目標就是「去美國」，即使嫁作商人婦也好？

我畢業的那天，方國偉跟著爸爸媽媽也來觀禮。當我戴著學士帽，跟著同學魚貫走進禮堂時，真有說不出的感慨！我這張文憑可真是得來不易的啊！

典禮完畢以後，方國偉要請我們吃中飯，爸爸媽媽說他們還有別的事先走了。方國偉請我到一家觀光飯店去吃了一頓相當「豪華」的西餐，在吃飯時，他一直沉默而不安，不時用眼角偷偷地瞄著我，一副失魂落魄的樣子。最後，當咖啡送上來的時候，他脹紅著臉，費了很大氣力似的結結巴巴地對我說：「江露苓，你還沒有到過我的家裡，現在去看看好嗎？」

「你的家？伯父伯母他們都搬到臺北來了嗎？」我問。我知道他的家一向是住在南部的。

「沒有，他們沒有搬來。」他訥訥地說，雖然在開放著冷氣的室內，還是滿頭大汗。「不過，我自己搬家了，還買了些家具，想請你去看看。」

「啊！原來是你喬遷之喜，那我當然要去看看！」我笑了。心裡在笑方國偉的緊張，只為了要請我去看他的新居，竟然緊張到如此程度。

他破例叫了一部計程車，把我帶個相當幽靜的住宅區，引我走上一棟小小卻雅致的樓房。

當他用鑰匙打開門請我進去時，裡面的佈置使我大吃一驚。客廳裡擺著全套粉紅色的沙發和酒櫃，臥室裡擺著一張罩著粉紅色床罩的雙人床和粉紅色的梳妝桌；每一件家具都是嶄新而俗氣的，就像那些鄉下人的新房一樣。我把眼睛睜得大大的，驚奇地問：「方國偉，你準備結婚？」

他點點頭，露出羞澀的微帶得意的笑容說：「也許。你喜歡這房子嗎？」

「我？我不怎麼喜歡，我是比較喜歡樸素的東西的。」我不明白他為什麼要問我，可是，我卻老老實實地把心中的話說了。為了怕他失望，又加了一句：「不過，我相信你的新娘子一定喜歡的。你準備什麼時候結婚？怎麼好像沒聽你提起過你的女朋友呢？」

「什麼？你說什麼？」方國偉突然走上前一步，面向著我，雙眼瞪得比銅鈴還大，面色慘白，冷汗涔涔，樣子好不怕人！

「方國偉，你怎麼啦？」我瑟縮在沙發一隅，被他這種失常的舉動嚇得手足無措。

「江露苓，你是真的不知道還是假的不知道？快點告訴我！告訴我！」方國偉用發抖的手指著我，喘著氣說。

「這是麼一回事嘛？方國偉，你要我告訴你什麼呢？」我也在發抖了。

方國偉噗的一聲就跪倒在我的面前，把頭靠在我的膝上，緊緊地抱著我的小腿，喃喃地說：「露苓，這間屋子是為你準備的呀，你母親已答應了的，你怎麼會不知道？我已經等了你四年了，難道你一點也看不出來？嫁給我吧。露苓。我知道我配你不起，但是我愛你的心比任何人都真摯，我會把你當作女王一般的侍奉的。」

「方國偉，你瘋了！放開我！放開我呀！」我又驚慌，又憤怒，拚命的掙扎著，把他用力推開。他放開了我，站了起來，蹌蹌踉踉地歪倒在我對面的沙發上。

我趕緊站起來，抓起小皮包，準備離去；但是，方國偉已搶先一步，用身體把門擋住。

「怎麼？你要把我綁票？」我氣沖沖地說。

「我怎麼敢？只是，江露苓，我要你回答我一句話，你回答了，讓我好做決定，我馬上就送你回去。」他靠在門上，氣喘吁吁地，用顫抖的聲音說著。

我腳下的樓板在動搖，天花板在旋轉，我趕緊扶住了一張沙發的扶手，才不至跌倒。天呀！這會是真的嗎？方國偉居然在向我求婚，而且新房子都準備好了。這個從來不曾向我說過一個愛字，從來不曾向我表示過半分情意，連手都不曾碰過的男人，竟會突然的要求我嫁給他，這是哪一個時代哪一個國家的風俗習慣呀？還有，他說媽媽什麼來著？

「你剛才在說什麼我媽媽已答應了？她答應了你什麼？」我怒視著他蒼白的臉。

「是這樣的，露苓，你坐下來吧！坐下來我們可以好好地談談。」他長長地嘆了一口氣，離開了門口，跌坐在一張椅子上。

「我不坐，你快回答我嘛！」我仍然怒氣沖沖的。

「伯母她——她——」他結結巴巴地說不出口。

「我媽媽怎樣？」我又急又氣。

「她只是……。」方國偉把垂著的頭抬了起來，忽然勇敢地注視著我。「露苓，請你不要生氣，好好地聽我說。我——我，自從四年前在你們福利社的文具部第一次看到你時，我就愛上你了。假如還要說得遠一點，當我們在小學同學時，我就很喜歡你，我總覺得你跟一般的女孩子不同。」

他圓圓的大眼亮晶晶地凝視著我，方臉脹得通紅，稍厚的嘴唇在微微顫抖著；聲音的溫柔，像一陣夏日的涼風，我把心頭的怒火漸漸吹散。我別轉了頭不看他，依然用極不友善的聲調說：「少說廢話，快回答我嘛！」

「回答你什麼？」他似乎怔了一下。

「我媽答應你什麼事？快說呀！」

「哦！是這樣的，因為我太自卑了，我從來不敢向你表白，這就是我為什麼要拒絕小胖，請你假裝做我的女朋友，後來又請你教我讀英文的原因。我以為，憑我這四年來的忠心耿耿，一定可以打動你的心的；但是，我一直沒有勇氣向你開口，所以，我先向伯母打聽你的意思。」

他說到這裡，我就急不及待的打斷了他的話。「我媽怎麼說來著？」

「伯母說，你對我印象很好，又還沒有別的男朋友，一定沒有問題的。」

他垂著眼皮說。

「我媽只是說沒有問題，你就把新房都預備好了？」我冷笑了一聲。

「露苓，請你原諒我，我只是太愛你了，失去了你我會受不了的！現在，請你回答我的問題，你是不是因為我的學歷太低、頭腦太笨，認為我配不起你？只要你點一點頭，我就心甘情願的自認失敗，我不是那種不知自量的人，絕對不會再向你歪纏的，你放心好了。」現在，他抬起頭望著我，圓圓的眼睛裡充滿著愛慕、渴望、焦灼的混合表情，使我不得不又再別轉頭去，因為我怕我會被他的眼神所軟化。

他真的配不起我嗎？我在心裡自問。他除了學歷以外，哪一樣比不上我？他老實得可愛、善良、安份、勤勞、健康、正直，甚至外形也勝過我；瘦小的我，到如今還像隻醜小鴨，真不知他為什麼會看中我的？

但是，這樣我就要答應他嗎？不，我從來沒有想到過愛他，我跟他的興趣完全不相投，我想像不出我怎能跟他廝守一輩子。假使我嫁了給他，跟他談什麼好呢？談今天賣了幾枝原子筆或幾瓶墨水嗎？談哪一個歌星的歌唱得最好嗎？啊！不！我不能！

「露苓，說話呀！啊！你只要點點頭或搖頭就行了！」看我久久不說話，方國偉忍耐不住，又在催促我回答。

「你不要逼我好不好？也得給我一點時間考慮呀！」我這個人就是心腸太軟，不忍心搖頭，怕太傷害了他的自尊心，只好使用緩兵之計。

我叫嚷著，也不再等他回答，就推門出去，一口氣衝下樓梯。像個失了魂的人一樣，我在烈日煎熬下的大街上急急地走著。困惑、惶恐、焦慮與煩惱的情緒像亂麻一樣塞滿在腦海中，我不斷自問：我怎麼辦？我怎麼辦？走著，走著，我竟然已回到家裡。爸爸媽媽都坐在客廳中，一看見我回來，四隻眼睛全都瞪著我，臉上掛滿了問號。我沒跟他們說什麼，就逕自走進房間裡。

媽媽跟著進來，捱著我坐下，柔聲地問：「你去過國偉家裡了？」

我點點頭。

「怎麼樣？你們談過了？你還合意吧？」

「媽，我不是小孩子了，有些事情也應該讓我自己做主是不是？」我站起來走到媽的對面，板著臉說。

「什麼？你說什麼？」也許是因為我一向柔順慣了，這一次的反抗竟然嚇得媽連聲音都發抖。

「媽，您為什麼隨便答應方國偉？」我的聲音裡沒有半絲感情。

「我也沒有答應他什麼呀！不過，難道你不喜歡他嗎？他是個好孩子，對你又是一片真心的。」媽竭力地裝得很平靜；可是，從她的眼色裡，我還是看得出她內心的緊張。

我還沒有回答，爸爸就走進來了。他臉色凝重，眉頭深鎖，走到媽的身邊，指著我說：「露苓，我養了你二十二年，想不到你居然是這樣一個忘恩負義的人！」

「爸爸，我怎樣忘恩負義？」我立刻反駁。

「當然哪！你也不想想，你的大學教育是怎樣才能完成的？我們還欠人家的錢沒有還哩！」爸爸臉上的嚴霜加重了。

爸爸的話引起我的反感，我憤然地說：「我們也沒欠他多少，系主任已答應請我留校當助教，我一拿到薪水就可以還他。至於他請我教英文的事，是他自己提出來的，我又沒有求他。」

「還說沒有？你不是求過他僱用你做店員嗎？」爸爸忽然大怒起來，高聲嚷著。

「就算我們受了他的恩，我也不能把終身幸福去交換呀！」我噘起了嘴。

「混賬！混賬！方國偉除了學歷差一點以外，有什麼地方比不上你？你以為唸了四年大學就了不起麼？」爸爸的聲音愈來愈大了。

「你們不要逼我嘛！你們不要逼我嘛！讓我慢慢的想一想。」就像剛才在方國偉家裡一樣，我一面大聲的叫著，一面衝出了室外。

我又走在火熱的太陽下，茫無目的，像個失去魂魄的人。「方國偉除了學歷差一點以外，有什麼地方比不上你呢？」這句話緊緊地跟著我，像一根無形的繩子，一匝一匝地把我的頭綑縛著，使我頭痛欲裂。是的，他沒有什麼比不上我的，但是我並不愛他，我要把我的終身獻給學術，而不願意去做一個小商人的妻子，這就是了。然而啊！我怎樣去拒絕這個善良的人的愛情，怎能傷害這個善良的人的心呢？啊！但願我是小胖（過了四年之後，小胖是否還會喜歡這個只有小學畢業的文具商人，我也有點懷疑）！

我怎麼辦？我怎麼辦？除了上蒼，我還能問誰？

晶晶與我

我一面揩著額上的汗，一面跨進了梁家的院子。臺北的春天真是熱得怕人，才是草長鶯飛的三月天，寒暑表中的水銀柱就已升到了三十幾度，多不正常！

梁家的那對寶貝孿生子正在院子裡槍戰，玩具槍砰砰嘭嘭地響個不停，兩個人身上的汗衫都已濕黏黏的。一看見我進來，兩個人立刻就丟下手中的武器來搶我提著的一包食物。

「林叔叔，你今天買牛肉乾了沒有？」兩個小傢伙異口同聲地問，也不等我回答、就逕自捧著食物衝進屋中去。

我微笑著走屋裡，客廳裡靜悄悄的。我喊了一聲：「人哪？」這才見只穿著汗衫短褲的梁子靖推著那對小兄弟從後面出來，小傢伙的手中還捧著那包食物，不過包紙已被拆開了。

「我說呀！林楓，你可真會把孩子們寵壞的，每個星期日你都買這麼些食物給他們，難道咱們哥兒倆還要分彼此不成？」子靖一面說著，一面從他兒子手中拿過紙包，每人分給他們幾片牛肉乾和幾顆糖。「你們到院子裡去玩，別吵大人說話。」

「誰跟你客氣來著？我是買給小孩子吃，不是買給你吃的，少囉嗦！怎麼？美瑜大概是在廚房裡忙吧？我的小晶晶呢？」我一面說一面脫去上衣，鬆開領帶。

「晶晶，你林叔叔來了，怎麼不出來歡迎啦？」子靖直著嗓門向後面喊。

甬道中出現了一個小小的身影，晶晶緩緩地從她的房間裡走了出來。她站在離我們很遠的地方，低垂著睫毛，注視著自己的鞋尖，低低地叫了一聲「林叔叔」，然後就問她爸爸：「爸爸，還有什麼事嗎？我要去做功課了。」

「咦！怪了，你今天怎麼不理林叔叔啦？往常，你老是盼望著星期日快點來，好跟林叔叔出去玩。今天怎麼好像不大歡迎他的樣子呢？」子靖說。

「人家功課很多嘛！」晶晶低著頭，小聲的說。

「晶晶，你是不是生病了？你的臉色好蒼白啊！也好像比上星期瘦一點了？」我萬分憐愛地問。這孩子，我看著她長大的，我對她有著父女般的感情。

「我沒有病。」她仍是小聲地說。

「好，那麼你去做功課吧！我們下午再出去玩。」我說。「啊！這裡有牛肉乾，你拿點去吃。」

她搖搖頭，沒有再說話，像個小精靈般無聲地走了進去。我和子靖對望了一眼，不約而同一齊搖頭嘆息起來。

「唉！現在的孩子真可憐！全都給升學主義把健康打垮了。才十一二歲的孩子嘛！誰不貪玩？但是，他們卻連星期日都要關在房間裡做功課。」

子靖說到這裡，美瑜從廚房裡出來了。她一面用圍裙擦著手。一面對我說：「可不是嗎？我看晶晶最近是變了，變得太沉默了。本來，每次你來，她都要衝出來迎接你的。我真怕她有病哩！」

「你別緊張吧！老太婆，她只不過因為功課繁重，提不起玩的興趣罷了！何必杞人憂天？」

「林楓，你得給我主持公道，他現在動不動就叫我老太婆，都把我叫老了！」

「那你就叫他老頭子吧！他不是比我們還大一歲嗎？」我笑著說。

「真的！林楓，我雖然只比你大一歲，可是為什麼顯得比你老這麼多呢？你呀！憑你這張娃娃臉，還可以冒充二十來歲的小夥子哩！」子靖看著我說。他的確是有點老態了，大概是因為黑而瘦的關係，他看來比實際三十六歲的年齡老得多。

「當然哪！人家還沒有結婚，還算是小孩子哩！」美瑜在打趣我。「林楓呀！你到底什麼時候才請我們喝喜酒嘛？我們都等不及啦！」

「那還要你這個當大嫂的人幫忙呀！」我微微一笑。

「算了吧！你這位美男子還要我介紹？追求你的小姐怕沒有一打？是你自己眼高於頂，才蹉跎到現在的。」

「哪裡來的小姐追求我嘛？否則，我禮拜天還會有時間來你們家裡？」廚房裡飄出來一股焦味。美瑜驚叫了一聲，就飛奔回廚房裡。

子靖笑瞇瞇地上下直打量著我。「真的，老弟，你不要恃著自己長得年輕就不著急呀！我們女兒都十二歲了，你還是孤家寡人一個，這麼說得過去嘛？」

「急又怎樣？難道你要我敲著鑼滿街去找？」我瞪了他一眼。

「總之，你別太驕傲就是，你已經過了驕傲的年紀了，男人女人都是一樣的。記得嗎？我們替你介紹過的張小姐和李小姐，你不是嫌人家矮就是嫌人家腿粗。想想看，一晃又是多少年了？」子靖居然結結實實地訓起我來。

是的，我當年的確太驕傲了。我什麼人都瞧不起，什麼人都嫌俗氣。在大學裡本來有一個很要好的女同學，只不過因為她愛穿紅色的衣服，愛聽熱門音樂，我就把她摔掉。就以子靖和美瑜這一對來說吧！子靖是我中學的同學，上了大學又碰在一起，美瑜則是我們大學時的同學，從一年級開始他們就很要好，是這樣的關係把我們三個拉攏在一起的。我們感情雖好，志趣卻不相投，因為我覺得他們太平庸，簡直是毫無作為，譬如說一畢業就結婚，自己把枷往頭上套，這也是我最不能同意的。

儘管如此，我卻是他們小家庭中的常客，十三年來，風雨無阻地每個星期日上午我都往他們家跑，吃兩頓飯，出去看一場電影，是我們經常的節目。起初，我是為了寂寞無聊而去，後來呢，卻是為了晶晶。

老實說，在晶晶一歲以前我並不喜歡她，以我那時候的年紀，對嬰兒是不會感到興趣的。在晶晶一歲半的時候，美瑜生下了一對男嬰，這一下，真把這對年輕夫婦搞慘了。晶晶還需要照料，忽然又多了兩個更小的，這怎叫他們不弄的手忙腳亂？因此，每個星期日，只要我的腳一踏進他們的家，他們就會把正在哭哭啼啼的小晶晶交給我。

「小晶晶乖，不哭，林叔叔抱抱。」不管我願意不願意，他們總是這樣把晶晶往我懷裡一塞。

好吧！抱就抱吧！誰叫我要當叔叔呢？說也奇怪，晶晶一到了我懷裡就不哭了，兩隻圓圓的大眼睛亮晶晶地望著我，裂開小嘴，露出剛長的小小的、白白的乳齒，樣子可愛極了。我親著她芳香的面頰，把她高高舉起，拋向空中，然後又接住她，把她引得哈哈笑。

以後，我自自然然就成了晶晶的義務褓姆。不用他們把她往我懷裡塞，我一進門就要先找晶晶，晶晶聽見我來，也會蹣跚地走過來，抱住我的腿，用不清晰的童音喊「林叔叔」。

「林楓，你看報。小龍小虎的書桌的抽屜壞了，我要去修理。」子靖忽然塞給我一份報紙，我這才醒悟我們之間已經冷場好久。

「你去修理吧！別管我。」我說。

「你看，這就是做爸爸的義務。想想還是你孤家寡人一個舒服。」子靖苦笑著走了進去。

我拿起報紙，心不在焉地一個字也看不進去，忽然感到有點寂寞。多少年來，每個星期日的上午，我都坐在梁家的客廳裡，子靖總是忙著修理這、修理那的，美瑜則是躲在廚房裡又洗又切又煮；我做什麼呢？我跟晶晶玩呀！她小的時候，我抱她、逗她；她上幼稚園了，我為她講故事、摺紙船；她上小學了，我繼續給她講故事，她唱歌給我聽。這兩年，我又多了一層任務——幫她補習算術，幫她改作文的草稿。她是我的忘年好友，不，不如說她是我的乾女兒吧！她是我帶大的呀！至於那兩個雙生子，我是既不感興趣也不敢惹，他們太野了，野得使人討厭，跟他們姊姊的文靜簡直不像是同一父母生出來的。

可是，晶晶今天為什麼躲著我呢？是功課的繁重使她身體不適嗎？還是在生我的氣了？奇怪！上星期我來，她還是歡天喜地撲出來歡迎我的。

突然，一個小小的嬌嫩的聲音在叫：「林叔叔！」

我抬起頭，晶晶不知什麼時候已站在身邊，一雙烏亮的大眼睛怯生生地望著我。可憐的孩子！她是瘦了，小臉變尖，胳膊變細，舉動也失去了原來的活潑。

「晶晶，來，坐在這裡！」我喜孜孜地拍拍身旁的椅子，叫她坐下。我多想像往常一樣把她抱到大腿上呀！但是，自從最近一次她拒絕了以後，我就不敢了。十二歲雖然還是個孩子，也許她以為自己是個大姑娘哩！唉！我真不願晶晶長大，長大了就會有男朋友，那時她才不會記得我這個叔叔哪！

晶晶默默地坐下，沒有開口。

「功課都做完了？」我低下頭去問她。

「還有大小楷和日記，我可以晚上再做，我現在要來陪林叔叔。」

「啊！不，叔叔不要你陪，你的功課要緊啊！」

「我好累！我現在不想寫，晚上可以趕得完的。」

我注意著她蒼白的小臉，心中一陣絞痛。「也好，累了就不要勉強。吃過飯，林叔叔帶你出去看電影，給你散散心，然後再回來做功課。好不好？」

她點點頭。

我把報紙攤開，問她：「你要看那一齣電影？」

「隨便林叔叔挑。」晶晶柔順地說。這孩子真是變得愈奇怪了，以前總是她搶著挑那些有漂亮明星主演的片子看的。

我把電影廣告瀏覽了一下，就指著國際戲院的廣告說：「我們看『花落鶯啼春』，這片子裡有一個小女孩，跟你差不多大，也許你會喜歡看的。」

吃飯的時候晶晶稍稍恢復了以往活潑的態度，加上雙生子的頑皮搗蛋，雖然美瑜把蹄膀燒焦了，這頓飯還是吃得蠻熱鬧的。

飯後，是晶晶與我跟她爸爸媽媽弟弟分道揚鑣的時候，因為我們和他們的目標和興趣都不相同，往往是我們去看電影，而他們去動物園或兒童樂園；到晚飯時間，又各自回到家裡，有時，我也會帶晶晶上上小館子。

意想不到的，「花落鶯啼春」竟是一部上乘的文藝片，故事中那個小女孩和那個失去記憶力的青年的友情把我感動得幾乎落淚。啊！世界上真有如此純潔的愛嗎？這部片子的意境之高，真像是不食人間煙火。

從戲院出來，我發現晶晶也在流眼淚。真不該帶她看這部片子的，它太傷感了，而晶晶需要的卻是哈哈大笑一場，那才能消除她一週來身心上的疲勞。

我緊緊地握著她的小手，牽她走過馬路，走進一家冰室，天氣已夠熱，可以吃冰淇淋了，我知道冰淇淋是晶晶最愛吃的食品。

坐在冰室的卡座裡，我假裝在看價目表，讓晶晶可以有機會揩去她的淚水。

「晶晶，你要什麼冰淇淋？」我問。

「隨便。」她吸著鼻子說。

「啊！小姐，來兩客隨便冰淇淋。」我故意大聲地叫。

在一陣笑聲中，晶晶斜瞪著我，輕輕地笑罵：「林叔叔，你怎麼搞的嘛？」

「誰叫你什麼都說隨便呢？」

「好好，我不說就是。我要巧克力冰淇淋。」她不好意思地笑了。

她舀了兩口冰淇淋之後，閃動著烏黑的眼睛，定定地望著我，很認真地問：「林叔叔，你喜歡那個女孩子嗎？」

「喜歡。你呢？」我反問她。

「我也喜歡，不過我更喜歡男主角，他好可憐喲！」她眨了兩下眼睛，又問：「林叔叔，你說這是不是真的故事？」

為了不使晶晶被悲劇的氣氛感染，我搖搖頭。「不是，這只是劇作家虛構的情節罷了！你的冰淇淋都快溶化了，吃呀！」

她吃了兩口，又停下來，不安地望著我，囁嚅了一會兒，又怯怯地問：「林叔叔，今天早上我沒有出來迎接你，後來又沒有陪你玩，你會生氣嗎？」

「傻孩子！林叔叔怎會這樣小器？你的功課要緊嘛！」我笑了，這孩子怎麼這樣小心眼兒呀？

「林叔叔，你不知道，其實我是在生你的氣，我已生氣好幾天了。」晶晶低著頭，眼睛望著杯子。

我不由得大笑起來，這小鬼花樣可真多呀！「告訴林叔叔，你為什麼要生我的氣？」

「那天我看見林叔叔跟一個女人在走路，過馬路的時候你還扶住她的臂，好親熱喲！我以為林叔叔要結婚了，不理我了。」晶晶嘟著小嘴說。她現在抬起了頭，用幽怨的眼色著我，彷彿餘怒未息的樣子。

我被她的話逗得笑出眼淚，笑疼肚子。我一面笑，一面按著肚子對她說：「晶晶啊！你小小的腦袋中在打些什麼歪主意嘛？跟一個女人走走路就要跟她結婚？這是誰發明的定理？」

「那麼那個女人是誰？」她悻悻地問。

「是我的一個同事嘛！那天剛好一起下班，我們一起走了一段路，因為馬路上車子很多，所以扶了她一下，都是男人應有的禮貌呀！」

「她不是你的女朋友？」

「人家早就孩子一大群了，你別亂講話！小鬼，你那天看到我為什麼不叫？」

「不敢嘛！怕你的女朋友不高興！」

「為什麼我的女朋友看見你會不高興？」我又重新笑起來了。

「不知道！」她把頭又俯下去，雙頰的顏色好紅好紅。「林叔叔，」她偷偷用眼角瞄了我一下，小聲地又說：「你知道我後來為什麼不氣你了嗎？」

「不知道！」我故意也嘟著嘴，學她的口氣回答，引得她哈哈地大笑不止。

晶晶笑夠了，津津有味地吃了幾口冰淇淋，然後不停地眨著那雙又黑又亮的眼睛，慢條斯地說：「因為我聽見了爸爸媽媽跟林叔叔的談話。」

「你爸爸媽媽跟我的談話？」

「嗯！」她得意地點著頭。「爸爸媽媽說你還沒有女朋友。」

「我沒有女朋友，你就不生氣了？這兩件事怎會扯在一塊呢？」我愈來愈不解。

「不要問嘛！不要再問嘛！」晶晶忽然用拳頭輕輕搥著桌子，脹紅著臉發起嬌嗔來。

「好，不問，不問。那麼你快點吃吧！吃完了我們回家去，你還有功課要做哩！」我簡直被她弄得一點辦法也沒有。晶晶是變了，而且變得那麼快，只不過一個星期的光景，活潑可愛的她，竟然變得喜怒無常，性情乖戾；想來定是那些繁重的功課害了她。我憐憫地望了她一眼，她卻立刻又低下頭去。啊！這已不是本來的小晶晶了，我的小晶晶怎會是這個樣子的呢？

我長長地嘆了一口氣，想像往常一樣的牽著她的手回家；但是，她竟輕輕地把手縮了回去。

「嗯！」我詫異地望了她一眼，一路上她都是沉默著的。

快走到她家門前的時候，晶晶忽然又怯生生地叫了我一聲。

「林叔叔，我上中學以後就不能再跟你出去玩了。」她的臉上充滿著忸怩的表情，眼皮低垂著。

「為什麼？」我的眼睛睜得大大的。

「因為林叔叔的樣子長得太年輕了，同學們會以為你是我的男朋友。」說著，她馬上就俯下了頭，同時，蒼白的小臉上也升起了兩道紅暈。說話時低著頭是她今天最常有的動作，以前是不會這樣的。

聽了她的話，我的第一個反應就是哈哈大笑，並且忍不住用手去揉亂她頭頂上的頭髮，笑罵：「小鬼，你的心眼兒真多！」

然而，當我看見陽光照耀下她那蒼白中透著玫瑰色的雙頰、臂膀和小腿，以及漸漸形成的纖長的少女身影時，我就悵悵地把手從她的頭上移開了。我似乎突然醒悟了什麼：晶晶已經漸漸在長大。

我止住了笑聲，惘然地想：也許我真的要開始找個女朋友了。我一手帶大的孩子都已這樣大，還能不服「老」嗎？

只好睡在客房裡

一屋子的脂粉氣味，一屋子的笑聲和麻將牌碰撞聲，八個更年時期的女人分別圍在兩張方桌面前，手忙嘴忙，又笑又鬧。這就是我太太在我們家裡舉行每個月一次的「同學會」。

我下班回家，走進臥室。八位女太太雀戰正酣，幾乎沒有人理會到我的出現。身為主人，只好先招呼她們一聲：「諸位女士好！」

大約有不到半數的人略略抬頭瞄了我一眼。不知是誰敷衍地喊了一聲：「老爺回來啦！」那就算給我最大的面子了。

我太太玉茗打出了手中的一張牌，摘下剛配了不久的老花眼鏡，望著我說：「宗達，你先去洗澡吧！我們要再打兩圈才吃飯。」

我嚥了一口唾沫，沖淡快要變酸的胃液，裝著笑說：「好吧！看在有好菜的份兒上。雅雅回來了沒有？」

「回來又出去了。」玉茗的眼皮都沒抬一下。

我想到五斗櫃那裡去拿換洗的衣服。但是，臥室裡多擺了兩張方桌，可供盤旋的地方已不多，不好意思從那些胖太太的身邊擠過去，只好呆呆地站住不動。

「幹嗎還不去洗？」玉茗一面摸牌，一面瞪了我一眼。

「衣服哪！太太！」我苦笑著，順手把領帶扯鬆。

「煩死了！你叫劉嫂來拿吧！」玉茗皺著眉，向我揮揮手，好像我是一隻討厭的蒼蠅似的。

我訕訕地退出被群雌侵佔了的自己的房間，走向廚房。一股肉香沖進我的鼻管，口沫不覺又湧了出來。

「劉嫂，有什麼可吃的沒有？」我厚著臉皮走進廚房去。

劉嫂正手忙腳亂的在弄菜，那張扁平的胖臉上泛著油、冒著汗。「有是有，可是我沒空給您弄哪！先生。」她忙得連看都沒有看我一眼。

廚房的桌子上擺著一盤冷盤。橢圓形的細瓷盤上整整齊齊地排列著水晶似的凍鷄、瑪瑙似的醉蝦、紅白相間的火腿、黑褐色的皮蛋，中央裝飾著鮮紅的番茄片，四周墊著翠綠的生菜葉。劉嫂的確有一手，這盤色彩鮮豔的藝術品，怎不引得人饞涎欲滴呢？我站近一點，伸手拈了一片凍鷄放進嘴裡，劉嫂轉身發現了，就尖聲叫了起來：「先生，冷盤給你弄亂了，這樣就不好看啊！」

「只吃了一塊，有什麼關係嘛？我幫你把它弄好就是。」我再度伸手到盤裡，把它撥了一撥，乘機又「污」了一塊雞。「劉嫂，我要先洗澡，你替我去拿衣服。」我的臉皮忽然變得厚了起來。

劉嫂狠狠地瞪了我一眼，她在我們家幫傭十幾年，恃著她工作能力高強，玉茗一天少她不得；恃著她比我還大了一歲，所以，她一向都不把自己當下人看待。

「先生，你吃過飯才洗好不好？您看，我在這兒忙得昏天黑地的，哪兒有空給你去拿衣服？」劉嫂一面用左手的手背在擦額上的汗，右手一面在切筍絲。她刀法的利落，不下於名廚，切出來的筍絲，幾乎像線一樣細。憑良心說，她是有資格到第一流的飯店去當大師傅的（可惜大師傅都是男人），在我們家裡作廚娘，是有點委屈了。

身為一家之主的我，臥室不能休息，廚房裡吃不到食物，這還成什麼體統？我的尊嚴何在？於是，不再說話，臉上掛著悻悻然之色走了出去，劉嫂卻握著刀追出來，道歉似的說：「先生，您可以看看電視嘛！等一下不是有那些你所喜歡的洋人音樂嗎？」

哼！真是的！難道連劉嫂也知道：每逢我太太開「同學會」，我回到家裡就會像個無主孤魂？

現在我沒有看電視的興趣，我只想換上一身寬鬆的睡衣休息休息。到底是五十二歲的人了，我已失卻年輕時的幹勁，每天下班回來，都有著疲乏之感。

到彬蓀的房間去躺躺吧！我對自己說。自從彬蓀前年出國去，他的房間便做了客房；當沒有人在我們家裡做客時，那倒是家中最清靜的地方。

我走向彬蓀的房間。經過雅雅的房間時，我看見房門開著，桌子上面放著一盤吃剩的巧克力和一盤Cookies，於是，我走進去，準備接收這些「剩餘物資」。

拈了兩片Cookies放進嘴裡，環顧我女兒的閨房。她的一張近照，立在梳妝臺上向我盈盈含笑。雅雅是美麗的，尤其是她的酒窩和小嘴，真像玉茗當年。可惜的是，她的頭腦也像玉茗。玉茗是教會中學畢業的，但是她常常會講出He don't know這樣的英語。而雅雅呢，考了兩年大專聯考，到今年才考上了一家私立專科學校最冷門的、錄取分數也最低的一科。

雅雅不止在外形和頭腦上像玉茗，就連個性也是相像的。看她的房間。衣服、鞋子扔得到處都是，乳罩和尼龍絲襪掛滿了床欄，髮刷上纏滿了頭髮，口紅蓋子打開了也不關，真是邋遢透頂。這樣一個女孩子，將來怎能為人之妻呢？我真替她擔心！這只能怪玉茗，我們結婚二十幾年了。她幾曾有一天盡過為人妻母之職？她只懂得吃喝玩樂、打扮、叉麻將，就是她全部的生活意義；對我們的一兒一女，她既不教，又不懂得以身作則；更不幸的，雅雅竟然不折不扣地變成了她的翻版。

我搖搖頭走出了那間亂七八糟的閨房，走進了鄰室。還好，尚有一個好兒子，彬蓀倒完全是我的種哩！不是我吹牛，我李宗達當年，從小學到大學，就沒考過第二名；而彬蓀也真能克紹箕裘，在國內時，讀的全是第一流的學校，而不久的將來，他就是美國普林斯頓大學的博士啦！

他那張八吋照片掛在牆上凝視著我。那是他在臺大畢業那天攝的。墨色的學士帽下，一雙烏亮的眸子閃耀著智慧的光芒，鼻樑筆直，薄薄的嘴唇抿得緊緊的，這不就是三十年前的我的影子？可是，現在哪！

在彬蓀照片的旁邊，掛著一幅我們的全家照，拍攝的日期是在他出國之前。彬蓀穿著新製的畢挺西服，顯得英姿勃發，而站在旁邊的雅雅又是那麼嬌美可人，真是一對金童玉女。我，當然也穿著畢挺的西服；但是，我的頭頂已亮，眼角下垂，雙下巴鬆鬆地掛在頷下，完全是一副不折不扣的中年胖子的模樣。玉茗梳著高聳的貴妃頭，當年的圓眼變為三角眼，也跟我一樣的掛著個雙下巴；除了她的小嘴與梨渦，人們已很難在她身上找出與雅雅相像之處。

我輕輕嘆了一口氣，坐在書桌前面。雖然彬蓀走了，房間的佈置並沒有變更。彬蓀一向愛整潔，他的書總是井然有序地排列在書架上和書桌上，現在也是如此。壁上掛著好幾幅獎狀，雖然已經有點變黃，但是我們仍然不願意拿下來。

隨意瀏覽著他壓在玻璃墊下的照片，大多數都是他跟同學們去郊遊的生活照；有幾個地方空了下來，綠色的墊子上出現了一個照片的輪廓，那是他帶走了的。

無聊中，我隨手抽出一本他放在書桌上的英文字典，無目的地亂翻著。突然，一張發黃的紙片掉了下來。撿起來一看，啊！真有意思！

「蓀：下課後在圖書館等我，我有使你驚喜的消息。莉。」

莉是他剛上大學時的女朋友。那女孩子倔強而任性，不久他們就分開了，這顯然是他們在最熱絡的時期的「情書」之一。到底那「驚喜的消息」是什麼呢？是考試得了一百分？是買到了他們所希望的音樂會票子？還是她要送他什麼東西？啊！何必費心去猜想？反正在他們那種年紀裡，樣樣事情都值得驚喜的。我也曾經是過來人哪！而現在，不但我的青春已經消逝得無影無蹤，就是彬蓀也不會再有那種心情了。在他出國後的兩年多中就不曾再交過女朋友，據他在來信說，他太忙了，忙得沒有時間談戀愛，等拿到了博士學位再說。當然哪！在不久的將來，他就是普林斯頓大學的理學博士了，還怕沒有成打的女孩子去追求他嗎？何況他又長得那麼帥？關於彬蓀的終身大事，我是一點也不急的，倒是玉茗有點沉不著氣。她認為一個身心健全的廿五歲留學生，尤其是讀理工的，到如今還沒有知心女友，簡直是一件奇恥大辱的事。她不但每次去信都要嘮叨一番，而且每逢有親友的女兒到美國去留學，只要長相合她理想，她一定設法讓那女孩子跟彬蓀在美國見面，同時還寫信叫彬蓀追求那女孩子，可惜彬蓀從來不曾聽過她一次，使她直氣得跳腳。

對面房間裡忽然傳來一陣挪動椅子的聲音，接著是一陣燕語鶯聲喊著：「我餓了，開飯吧！」

好了，戰局終於暫停，我也餓扁了！如釋重負地趕快把字典收好，把那張紙條也夾了進去。當我正要跨出房門時，一位女太太卻大踏步走進來，我只好退回去。

「玉茗在到處找她的老爺哩！原來你一個人躲在這裡！」這位太太一進來就吱吱咕咕地叫了起來。

啊！是曾婷。這個離過婚的婦人，現在是小姐身份了——我不應該說她是太太的。

我還沒有答話，曾婷又擺動著碩大的身軀在彬蓀的房間裡到處走動，她東摸摸，西摸摸，一張嘴也沒有停過：「喲！你們大少爺愈長愈英俊啦！什麼時候請我們這些阿姨吃喜酒呀？」「雅雅這兩年也是愈長愈俏啦！」「你跟玉茗轉眼就要享清福了，可是我呢？」「這張照片幾時照的？你看彬蓀的神情多像你！」

她的話太多了，使得我愣在那裡，無從置答。走開又太不禮貌，只好唔唔呀呀的在旁敷衍著。

還好，玉茗及時解救了我，她領著兩員女將，嘴裡一面喊著：「吃飯囉！吃飯囉！」一面浩浩蕩蕩地奔進來。

「喂！你躲在這裡幹嗎？大夥兒都等著你吃飯哩！」玉茗一走進來就埋怨我。

我還沒有來得及開口。站在玉茗身後的婉貞就大聲叫起來了：「哈！原來曾婷也在這裡哩！你們兩個人敢情是在幽會是不是？」

「婉貞，你的狗嘴能不能長出象牙來的？等一下可要害得人家夫妻打架了。」曾婷表面雖然在罵婉貞，但是並沒有真正生氣，她那雙眼皮特別厚的眼睛還風情萬種的瞟向我。怪不得玉茗常常用從雅雅那裡學來的學生用語在背後罵曾婷是個「大馬蚤」（騷貨的意思），不過，她為什麼又要跟她要好呢？

現在，玉茗撇撇嘴，不屑地說：「我才不跟他吵哪！誰要是看中我這個連麻將都不會叉，四方木一樣的老頭子，我就雙手奉送。」她提高了嗓門，又叫了：「吃飯去吧！直站在這裡說廢話做什麼？」

於是，這群口不擇言的娘兒們又前呼後擁的奔進飯廳，而我這個四方木似的老頭，就訕訕地跟在後面。

八個女人團團圍桌坐下，我坐在下首，右面是玉茗，左邊是曾婷。

這些更年時期的太太們，個個胃口奇佳，劉嫂做出來的每一道菜，都被吃得一乾二淨。老實說，我真的「搶」不過她們，還好曾婷同情我這個弱者，不時「救濟」、「救濟」，否則，我一定不飽。我擔心雅雅回來沒有菜，就悄悄地問玉茗：「要不要先給雅雅留點菜？」

想不到玉茗卻白了我一眼，而且大聲的說：「說你是四方木就是四方木。人家雅雅跟一位闊少爺出去玩了，還會回來吃飯？」

「哪一位闊少爺？」我愣愣地問。

「你怎麼會知道嘛？一天到晚就只知道辦公，家裡的事你又知道多少？」玉茗繼續饗我以白眼。

「宗達，你真的沒有見過雅雅這個男朋友？他剛才來帶雅雅出去，我們都看見了，可真是帥得很啊！」坐在玉茗隔鄰的一位太太好心地問我。

「他到底是誰嘛？你說話怎麼老是拐彎抹角的？」我有點不高興地問玉茗。

「誰叫你一向對我們母女不關心？」玉茗用雙手撕著一隻炸鷄腿，吃得津津有味的樣子。「告訴你吧！那個男孩子是泰國回來的僑生，今年大學畢業，他老子在曼谷開了好幾家百貨公司哪！」

「你就知道錢。雅雅跟他來往多久了？」反正一桌子都是熟人，我說話也就沒有經過考慮。

「當然！錢有什麼不好？沒有錢我們怎能住得起這幢公寓？怎買得起冰箱和電視機？怎吃得起這頓飯？你說呀！錢有什麼不好？」玉茗伸出她那隻油膩的指頭直指我的鼻子。「我說呀！你這塊四方木，假如我們只靠你那一點點薪水，早就餓死了！你還自鳴清高，說我只知道錢。你，你，到底良心何在？」

「玉茗，你——你——你——，在這麼許多客人面前——」我竭力壓抑住心頭的怒氣，低聲地阻止她繼續數落下去。我的喉頭像被什麼東西梗塞住，兩頰的肌肉也因為激動而微微在抽搐。

我不怕她嫌我窮，但是我不喜歡在這麼多的客人面前被妻子奚落。當然，玉茗很能幹，這是眾所周知，而我也點頭承認的事實。不是靠著她在外面炒股票，我這個有名無實，不貪污不枉法的小小副處長，又怎能供得起一家人過著這種高級生活？怎拿得出旅費供兒子放洋呢？

關於彬蓀的出國，我跟玉茗也曾鬧過很大的意見。我是極力主張彬蓀在學成後回國服務的，可是玉茗卻堅持叫他不要回來。她說：「孩子，你千萬別聽你那窮酸老頭的話。誰不知道學理工的在美國很吃香，年薪動不動就上萬？回來做什麼呀？大不了當個教授，那一點點薪水養得活自己，就養不活老婆。我不管，彬蓀，你唸完書一定要在美國找工作，在美國結婚生子。到了那個時候，我就要到美國來抱孫子，享晚福。你那個窮酸老頭呀！就讓他一個人住在臺灣好了。將來雅雅我也要送她出去的。」

看她說話時那副得意和陶醉的神情，好像真的一切都已實現了一般，令人覺得可憐又可笑。她還不知道，假如她有一天真的當起了「美國人」的祖母，可就不這麼輕鬆了。

「當著這麼多的客人又怎樣？誰不知道你是個窩囊廢？」玉茗一聲怒吼，似有不甘罷休之勢。

「得啦！玉茗。我們都知道你能幹，你了不起。你就少說兩句吧！」座中最年「高」德劭的顧大姐為了要息事寧人，也開了腔。

「好吧！看在顧大姐的面上，就饒了你。」玉茗狠狠地斜瞪了我一眼，放下手中的鷄腿骨頭，又忙著去挾第二塊。她之所以答應停火，完全是為了想好好的吃東西，而絕對不是為了肯聽比她大三歲的顧大姐的話。

到了這個時候，我已經食慾全無，但是又不便半途退席，只好默默地坐著，以幽默的心情來欣賞這群更年期女人的談話。

我真佩服這些女士們的健啖與健談。剛才她們在打牌時是手忙嘴也忙，現在呢，又要顧吃又要講話，一張嘴就更是忙不過來。半頓飯下來，她們個個都已脂零粉落、口紅盡褪，狼狽不堪。她們顯然並沒有察覺到，也沒有理會到這一點，依然談得那麼起勁，笑得那麼開心，別瞧她們都是四五十歲的人，說的話卻是天真得像孩子一樣。聽！「我昨天去看了一場電影，那女主角好可愛啊！」「你不知道，我那個兒子驢死了，什麼都不懂！」「玉茗，你這件衣服好好看呦！」「我這副耳環是媽媽送的，好看嗎？」「……」

我真羨慕她們能夠「永保青春」。我也參加了大學的同學會，不過，我們男士可沒有她們的天真，說不出這些「童言」。我們談的無非是政治、戰事、球賽和棋賽的消息，在學校時的趣事等等；當然，我們也談女人，而談女人正是成熟的表現啊！

好不容易伺候到她們吃飽了，她們有的上洗手間，有的就當著我打開粉盒對鏡呲牙裂嘴地化起妝來；然後，又一陣風似的捲進我的臥室，重開戰局。

我捧著一杯熱茶，獨自到客廳裡去打開了電視機。等到劉嫂吃過了飯，洗過碗盤，去替我把換洗的衣服拿給我時，已經是九點多了，我在電視機前也坐了一個多鐘頭。

洗過了熱水澡，輕輕鬆鬆地、心安理得地把自己關到客房裡去。我知道，包括玉茗在內，沉湎於竹戰中的她們，是不會再來騷擾我的了。

穿著寬鬆的睡衣，躺在彬蓀曾經睡過的單人床上讀一本英文小說，不久，我就沉沉睡去。我是被一陣喧鬧的聲音驚醒的。計程車的喇叭聲在樓下亂鳴，玉茗正在門口送客，她那尖銳的女高音在靜夜中顯得特別刺耳。我看著手錶，都快十二點了。

在一陣上海腔的、廣東腔的、湖南腔的「謝謝」、「再會」之後，四五部計程車就嘟嘟嘟的開走。我真擔心玉茗每個月製造一次的午夜噪音得罪了左右的鄰居；但是，說也奇怪，我們的芳鄰們似乎都跟玉茗相處得很好，從來沒有人埋怨過一句。這，我倒不能不佩服玉茗外交手段的高明。

聽著玉茗打著哈欠走進浴室，又聽著浴室裡潺潺的水聲，被吵醒了的我，一時竟無法入睡，我知道今夜又將會有幾小時的失眠。

也不知道過了多久，浴室中的水聲停止了，玉茗穿著軟底拖鞋撻撻撻走回房間去。又過了一會兒，我聽見有汽車停在樓下和打開車門的聲音。然後，聽見了雅雅的嬌聲 Good Night 飄揚在靜夜中。又看了看手錶，十二點半了，好傢伙！居然跟男朋友玩到這麼晚才回來。

高跟鞋閣閣響地上樓來了，門鎖咔嚓一響，卻變成了赤腳走在地板上的聲音。我不禁暗笑：你以為提著高跟鞋走進來我就不知道你遲歸嗎？不過，總算你心目中還有個老子。

雅雅回到自己的房間裡，乒乒乓乓地一會兒開抽屜，一會兒關抽屜。她的五斗櫥正好靠著我床側的牆壁，吵得我光火，幾乎想起來罵她一頓。後來一想：算了吧！不知者不罪，她並不知她可憐的父親正睡在客房裡呀！剛才她提著鞋子進來，不就是怕吵醒我嗎？

玉茗的軟底拖鞋又撻撻撻地走了過來。我聽見雅雅驚訝地問：「媽，您還沒有睡？」接著，母女倆便噥噥唧唧地講起話來，不時還夾著笑聲。她們說話的聲音很低（大概是怕我聽見吧？），我聽不清楚，但那噥噥唧唧的低語聲在靜夜中聽來仍然很聒噪。

終於，玉茗回房睡覺去了。雅雅一面唱著熱門歌曲：「Don't they know? It's the end of the world……」一面赤著腳撻撻撻的走向浴室。

在再度的潺潺水聲中，我知道今夜將從此天下太平，於是，換了一個舒適的姿勢，開始閉目安睡。「Don't they Know? It's the end of the World……」，雅雅的歌聲斷斷續續地從浴室裡傳出來。不！沒這麼嚴重，還有六七個鐘頭可睡，還不至於到了世界末日吧？

畢璞全集・小說06 PG1390

秋夜宴

作　　者	畢　璞
責任編輯	陳思佑
圖文排版	周妤靜
封面設計	楊廣榕

出版策劃	釀出版
製作發行	秀威資訊科技股份有限公司 114 台北市內湖區瑞光路76巷65號1樓 電話：+886-2-2796-3638　傳真：+886-2-2796-1377 服務信箱：service@showwe.com.tw http://www.showwe.com.tw
郵政劃撥	19563868　戶名：秀威資訊科技股份有限公司
展售門市	國家書店【松江門市】 104 台北市中山區松江路209號1樓 電話：+886-2-2518-0207　傳真：+886-2-2518-0778
網路訂購	秀威網路書店：http://www.bodbooks.com.tw 國家網路書店：http://www.govbooks.com.tw
法律顧問	毛國樑　律師
總 經 銷	聯合發行股份有限公司 231新北市新店區寶橋路235巷6弄6號4F 電話：+886-2-2917-8022　傳真：+886-2-2915-6275

出版日期	2015年5月　BOD一版
定　　價	270元

Printed in Taiwan

國家圖書館出版品預行編目

秋夜宴 / 畢璞著. -- 一版. -- 臺北市 : 釀出版,
2015.05
面 ;　公分. -- (畢璞全集. 小説 ; 6)
BOD版
ISBN 978-986-445-009-1(平裝)

857.63　　104006786

讀者回函卡

感謝您購買本書，為提升服務品質，請填妥以下資料，將讀者回函卡直接寄回或傳真本公司，收到您的寶貴意見後，我們會收藏記錄及檢討，謝謝！

如您需要了解本公司最新出版書目、購書優惠或企劃活動，歡迎您上網查詢或下載相關資料：http:// www.showwe.com.tw

您購買的書名：________________________________

出生日期：________年________月________日

學歷：□高中（含）以下　□大專　□研究所（含）以上

職業：□製造業　□金融業　□資訊業　□軍警　□傳播業　□自由業

□服務業　□公務員　□教職　□學生　□家管　□其它____

購書地點：□網路書店　□實體書店　□書展　□郵購　□贈閱　□其他

您從何得知本書的消息？

□網路書店　□實體書店　□網路搜尋　□電子報　□書訊　□雜誌

□傳播媒體　□親友推薦　□網站推薦　□部落格　□其他__________

您對本書的評價：（請填代號　1.非常滿意　2.滿意　3.尚可　4.再改進）

封面設計____　版面編排____　內容____　文／譯筆____　價格____

讀完書後您覺得：

□很有收穫　□有收穫　□收穫不多　□沒收穫

對我們的建議：________________________________

____

____

____

請貼
郵票

11466
台北市內湖區瑞光路 76 巷 65 號 1 樓

秀威資訊科技股份有限公司 收

BOD 數位出版事業部

....

（請沿線對折寄回，謝謝！）

姓　　名：________________　年齡：________　性別：□女　□男

郵遞區號：□□□□□

地　　址：____

聯絡電話：（日）________________（夜）________________

E-mail：____